Anna Mar[illegible]

Der Boden [illegible]

Anna Maria Leitgeb

# Der Boden unter den Füßen

Roman

Rætia Club

# 1

Der Spiegel hing von einem rostigen Nagel. Wie der Metallrand war auch die Glasfläche mit der Zeit trüb und fleckig geworden. Senkrecht durch die Mitte lief ein Sprung, der jedes Spiegelbild zerteilte: in zwei ungleiche und voneinander etwas verschobene Hälften. So kam es, dass sich die Schwienbacherischen immer nur wie zusammengeflickt zu sehen bekamen.

Nein, für die Eitelkeit hatte der Vater kein Geld übrig. Zum Rasieren reichte der Spiegel. Man musste eben seinen Kopf ein bisschen heben und drehen, um sein Kinn vollständig in der größeren Scherbe begutachten zu können. Da konnten sich seine Weibsbilder auch damit begnügen.

Als sich Moidi mit langen Strichen ihr Haar bürstete, war ihre Nase gebrochen und ein Auge lag höher als das andere. Sie seufzte.

Auf der oberen Wiese hatte sie die Graszeilen gewendet, Welle um Welle herübergekehrt auf ihre Schuhe. Bei jedem Schritt und jedem Einholen des Rechens waren die Heuschrecken verängstigt kreuz und quer gehüpft.

Ober der Mühle war das Gras schon trocken gewesen. Da hatte sie den Boden sauber abgekämmt, das Heu aufgehäufelt und mit der Gabel hochgestochen auf den Wagen. Es hatte gestaubt. Gras und rötlich weißer Knöterich und orangengelbe Arnikablüten und die halbkugeligen Köpfchen des Teufelsabbiss waren um sie geschwirrt, und ein silbern dreckiger Halbmond von Schweiß war auf ihrer Oberlippe aufgegangen.

Der Vater hatte sie mit eckigem Mund angeschaut und ausgelacht, wie er sie so sah, dampfend und nackt im Gesicht und angeschneit, als er, das Heutuch hoch aufgetürmt auf Kopf und Schulter balancierend, vom Waldrand heruntergestiegen kam. Und sie hatte ihn dann geschubst, weil es niemand sonst sah, und sie ein bisschen dusselig war von der Hitze. Er hatte in der Folge sein Gleichgewicht verloren, nur vor Lachen und Mutwillen, hatte den Heuberg abgeworfen und sich hinterdrein. Moidi wäre fast auf ihn gesprungen wie ein junger Hund, hätte sich mit ihm gebalgt, ihm das Gesicht abgeleckt, so leicht und ohne Gewicht war sie plötzlich mit diesem dreisten Vater gewesen, war das die Möglichkeit?

Ein unternehmungslustiger Wind war vom Berg herabgerollt, hatte sie gekitzelt. Grün und aufgeplustert waren die Wälder ringsum gewesen. Der Himmel darüber blau, so blau, hatte jede Faser in ihr aufgerichtet und sie fast in den Zenit gesaugt, aber nur fast, denn da war ihr plötzlich die Farbe des Blutes eingefallen, einige Monate war's her, in Mutters Kammer. Nur die Farbe des Blutes war diesem Blau in seiner Intensität ebenbürtig.

Der Gedanke hatte ihren Leichtsinn gedämpft, sie hatte sich besonnen, wieder gewusst, wer sie war.

Als der Vater in die Küche trat und die Stühle für den täglichen Rosenkranz zusammenschob, bürstete Moidi ihr Haar schneller, teilte es dann, zopfte es mit fliegenden Fingern, wand sich die zwei Flechten um den Kopf und steckte sie fest. Schnell drehte sie den Spiegel noch über ihrem Gesicht, suchte sich zusammen. Flugs mit etwas Spucke einige störrische Härchen in den Bögen der Brauen verstrichen, sonst schien alles in ihrem Gesicht gewöhnlich und bescheiden an seinem Ort. Als sie sich nach ihren besseren Schuhen bückte, merkte sie, wie klamm die Muskeln in den Armen und Beinen waren. Und im Bauch war eine leere Stelle, in der eine kleine Unruhe zu nagen und zu zappeln anfing.

Es war ein paar Minuten nach dem Betläuten. Der Vater wartete nicht. Er stimmte das Gebet an: „Eeeehreseidem-VaterundemSohn …“

Seine Vorbeterstimme war gleichmäßig und monoton und heller als seine normale Sprechstimme und dehnte die Vokale und leierte wie die Milchzentrifuge. Er kniete auf dem Steinboden in der Küche neben der Mutter zum Herrgottswinkel hin. Seine Ellbogen und Arme waren Kufen auf der Sitzfläche des Stuhls und stützten den hageren Oberkörper. Der verwitterte Hals mit dem kleinen Kopf ragte schildkrötenartig aus dem Kragen. Rund um seinen fast haarlosen Schädel lief der ringförmige Abdruck seines Hutes, innerhalb dessen sich die Haut spiegelglatt und blassrosa spannte. Die Hände waren schwielig und wurzelig und machten ein Gefäß zum Erhaschen der göttlichen Gnade, die ihn heute beim Heuen angeblitzt hatte: ja, seine Moidi hatte sich gut herausgemacht, dachte er. Aber ansonsten war es mit der Gnade in diesen Zeiten oft nicht weit her. Er fingerte die Perlen des Rosenkranzes mit Daumen und Zeigefinger ab, um seinem Gebet das richtige Maß zu geben, während sich seine Kinder und Dienstboten schnell und möglichst unauffällig hinzustahlen.

Das Flugblatt, das ihm der Lehrer, dieser spreizbeinige Großtuer, heute zugesteckt hatte, ging ihm auch jetzt nicht aus dem Sinn.

„Südtiroler, bekennt euch!“, stand drauf. „Eine schwere, aber stolze Stunde ruft euch auf zum Bekenntnis für Blut und Volk, zur Entscheidung, ob ihr für euch und eure Nachkommen endgültig auf euer deutsches Volkstum verzichten oder ob ihr euch stolz und frei als Deutsche bekennen wollt.“

Die Frauen- und ein paar brummende Männerstimmen psalmodierten „JetztundinderStundeunseres …“, aber der Vater fiel ihnen schon mit dem nächsten GeeeegrüßtseistduMaria ins Wort, schnitt ihnen das AbsterbensAmen glatt ab.

„Das macht er immer, der Vater, er lässt uns nie ausreden“, dachte Moidi.

Aber der Schwienbacher war eine Maschine, die schneidet und drischt, und der Führer hatte sie allesamt verraten, Teufel noch einmal. „Verkauft an die Walschen. Nicht einmal die Vorhänge hatte der Schuft aufgezogen, als er im Zug durchs Land gefahren war. Wollte seine Visage nicht herzeigen. Die Spruchbänder auf den Bahnhöfen nicht sehen. Der feige Hund! Jetzt sollte unsereiner frisch alles liegen und stehen lassen und nach Galizien auswandern!“, so kam der Vater nicht umhin zu denken. Ja, mit dem Beten hatte es heute nicht das Richtige auf sich.

„Die Scholle opfern wir dem großen Ziele, dem großen, heiligen deutschen Reich“, das stand auf den Zetteln, die einem bei jedem Gang ins Dorf unter die Nase gehalten wurden. „Betakelt hat uns der Lotter“, wusste der Vater und machte sich und die anderen weiterbeten.

Aber die Mutter wollte nicht nach Italien hinunter ausgesiedelt werden. Denn genau das würde den Dableibern blühen, da war sie überzeugt, das hatte Mina im Geschäft auch gesagt. Und Nanne vom Kiebler. Und die hatte es vom Podestà selber.

„Das ist ja nur Propaganda, verstehst du nicht?“, hatte der Vater gekontert, als sie ihm ihr Bröckchen Meinung gab. Und überhaupt, statt in Hütten zu wohnen, aus denen die polnischen Bewohner vertrieben wurden, würde er tatsächlich lieber zu den Walschen hinuntergehen in ihren Stiefel: „Stell dir vor, auf einem Hof arbeiten, von dem man den Besitzer samt Frau und Kind verjagt hatte! Und man ist umgeben von Slowaken, Tschechen und Polacken und hat die russischen Bolschewiken in nächster Nähe! Und irgendwann kommen die

Vertriebenen wieder und fordern ihr Land zurück, und man müsste wieder gehen! Wohin dann ohne Hab und Gut? Nur weil ein gewissenloser Kerl mit einer gewissenlosen Propaganda einen aus der Heimat fortgelockt hatte!“

„Siehst du nicht, wie es mit uns steht?“, hatte die Mutter geplärrt, „nicht einmal mehr auf dem Grab darf ein deutsches Wort stehen!“

„Daheim ist daheim“, hatte sie der Vater daraufhin angeschnauzt und ihr mit seinem schnellen Zorn den Mund gestopft wie mit einer Handvoll geschroteter Maiskörner.

Die Kathl, die Dirn, hatte er davongejagt. Die musste gehen, von ihm aus dorthin, wo der Pfeffer wächst. So eine wie die kann ihm gestohlen bleiben, jawohl, das kann die: „Wenn ihr die Rosenkranzandacht nicht passt und sie stattdessen den österreichischen Schnauzer anbeten will, hat sie hier nichts mehr verloren, Kruzitürken!“

Der Schwienbacher litt niemanden im Haus, der sich an Kirche und Brauch versündigte. „So wird's gemacht und so ist es“, war sein Leibspruch.

Die Base Elsa war so gut, an Kathls Stelle einzuspringen. Sie kniete sich gerade neben die Mutter hin. Joss, der Knecht, war der Einzige, dem das Sitzen auf der Eckbank erlaubt war, denn er hatte seit dem Großen Krieg ein schlechtes Bein. Zu seinen Füßen lag der Hund. Michel und Konrad waren genau hinter der Mutter. Die mit ihren neun bzw. sechs Jahren mussten in ihrer Reichweite bleiben. Sie hatten freihändig zu knien, ohne die Stütze eines Stuhls, ließen sich aber in den wenigen unbeobachteten Augenblicken, die Mutters Inbrunst ihnen ließ, gern auf die Fersen nieder, bis sie von ihrer ungnädigen Hand wieder hochgepufft wurden zu einer andächtigeren Haltung. Die halbwüchsige Stasi zappelte neben den Brüdern relativ bequem auf dem Saum ihres Kittels herum, der ihr zu weit war, aber einen umso besseren Wulst unter ihren Knien abgab. Florian schnitt hinterm Vater jedem, der ihn ansah, Grimassen, um seine Überlegenheit in Sachen Beten unter Beweis zu stellen; war er nicht praktisch schon erwachsen? Moidi war neben ihm niedergegangen. Sie hatte sich in den fast fünfzehn Jahren ihres Lebens, in denen sie Bekanntschaft mit diesem Boden pflegte, nicht an seine Härte gewöhnen können. Jeden Tag fraßen sich die Platten in die Knie mit ihrem hundertjährigen Biss, aber „Buße muss sein und damit basta", sagte die Mutter immer, wenn sie sich beschwerte. Deshalb versuchte Moidi so gut es ging sich mit netten Gedanken zu trösten. Schon beim ersten GegrüßtseistduMaria fiel ihr der Lehrer ein, und bevor sie sich's versah, stand ihr sein Mund im Sinn, pfirsichfarben, aber seltsam zerknittert, wie altes Seidenpapier. So sehr ihr die Unschicklichkeit des Bildes, das sich ihr da aufdrängte, bewusst war und so sehr sie auch versuchte, es zu verscheuchen, es kehrte doch immer zurück. Musste sie nicht jedes der zehn GegrüßtseistduMaria in einem Gesätz des Rosenkranzes daran erinnern, dass sie der Lehrer bei den Chorproben gern mit genau dem Gruß empfing: „GegrüßtseistduMaria"? Überhaupt redete er sie ausschließlich mit der ihrer Meinung nach viel eleganteren Version ihres Namens an, mit Maria nämlich, was sie ganz deutlich als Aufwertung ihrer Person empfand.

Ihre Tochter habe eine ausgesprochen klare Stimme, einen leuchtenden Sopran, so hatte der Lehrer zu Fronleichnam den Eltern vorgeschwärmt. Ehrlich, ohne Maria sei der Kirchenchor nichts, hatte er ihnen beteuert. „Aber gehen Sie“, hatte die Mutter unsicher, aber doch geschmeichelt erwidert, der Vater jedoch hatte sich unbeeindruckt gegeben. Besonders die Chorproben jeden Donnerstagabend gingen ihm gegen den Strich. Das sonntägliche Singen bei der Messe war seiner Meinung nach gut und genug. Warum Extraproben und Solos und diese neuen deutschen Lieder, die man das Mädchen singen hörte, na, er wusste nicht, abgesehen davon, dass sie verboten waren.

„Lass ihr die Freude“, hatte ihn die Mutter öfters beschwichtigen müssen, „die Gitsch singt halt gern, und der Lehrer hat was los, das musst du zugeben.“

„Ach was, der Spaß verdreht dem Mädel gleich einmal den Kopf! Stricken oder flicken oder nähen lernen wäre gescheiter, da hätte sie mehr davon“, hatte der Vater weitergemault, aber dieses Thema war ihm doch nicht wichtig genug gewesen, um daran viel Energie zu verschwenden.

Das EhreseidemVaterunddemSohnunddemheiligenGeist des Vaters senkte alle Scheitel, und auch als es vorbei war, blieb Moidi nach vorne gebeugt und gleichsam hängen hinter ihren geschlossenen Lidern in einem schillernden Raum wie von Öl und Wasser. Darin bewegte sich ihr Lehrer: Die rötlich blonden Haare umfusselten seinen Kopf, sodass es im Gegenlicht aussah, als hätte er einen Heiligenschein. Und seine glasblauen Glupschaugen schimmerten feucht wie die himmlische Liebe. Ein Jesusgesicht hatte der Lehrer. Jesus mit Brille. Die schlanke Nase männlich und fromm zugleich und doch ganz mitten drin in der Welt. Er zeigte auf das brennende Herz in seiner geöffneten Brust, „sieh her Maria", sagte er, Moidi anlächelnd …

Da der Unterricht in deutscher Sprache von den Faschisten verboten worden war, hatte der Lehrer seine Stelle an der Dorfschule verloren. Das deutsche Lehrpersonal war überall in Südtirol von linientreuen Italienern ersetzt worden, die sich die Erziehung dieses ihrer Meinung nach hinterwäldlerischen Bergvolks zu guten Italienern zu Herzen nahmen. Der Lehrer aber machte es sich seinerseits zur Aufgabe und riskierte seine Haut, um sein Land und Volk deutsch zu erhalten: Er gab insgeheim Deutschstunden. Ein-, zweimal die Woche stieg er auch zum Schwienbacher hinauf und wurde mit Milch, Butter und Eiern bezahlt. In der Stube teilte er unter den schmachtenden Blicken der Schmerzensreichen sein Wissen aus und gab Moidi die Gelegenheit, sich ganz in ihn zu verschauen, während er sich vor ihr und ihren Geschwistern produzierte, mit schlenkernden Armen und

Beinen erklärte und vormachte und deutete. So gescheit, der Mann. Und Moidi hatte öfters vergessen zu antworten und war ins Stottern gekommen, über und über rot, und hatte sich geschämt.

„DenduoJungfrauimTempelaufgeopferthast …“, plärrte der Vater.

Moidi stand auf.

„Ich muss jetzt gehen“, flüsterte sie der Mutter ins Ohr.

Die blickte starr auf den geschnitzten Herrgott, „HeiligeMariaMutterGottesbittfürunsSünder“, und machte mit dem Kopf eine Bewegung, als wollte sie eine lästige Fliege verscheuchen. Moidi fraß ihren hochsteigenden Ärger gleich wieder hinter den Nabel hinein. Das glich der Mutter. Sie behandelte einen wie den letzten Dreck. Die Mutter betete lauter als vorher weiter, sodass es wie ein Jammern klang, wie ein Stoßgebet, und ließ die Rosenkranzkette auf die Sitzfläche des Stuhls prasseln, um ihrer Frömmigkeit Nachdruck und ihrer Tochter ein schlechtes Gewissen zu verleihen, als die sich auf den Flur stahl.

Moidi war froh, entwischt zu sein. Ihre Knie und der Rücken verstanden das Beten schon lange nicht mehr. Sie rannte noch schnell in ihre Kammer und band sich eine saubere Schürze um. Dann nahm sie das Gesangbuch vom Regal und lief damit dem Raunen und Brummen der Nachbeter und dem hellen Greinen des Vaters in der Küche davon, auf den kleinen Söller hinaus und die Holzstiege hinunter.

Die Abendsonne zeigte auf den muttergottesmantelblauen Rittersporn im Garten, und Moidi erschrak, als ob sich plötzlich ein Fenster aufgetan hätte und da etwas Wichtiges war, was sie betraf. Um Gottes Willen, was war mit ihr?

Am Blattspinat konnte sie jede Rippe sehen, der Schnittlauch stachelte giftig zwischen dem Petersil und dem Maggikraut heraus. Die Venen in den schildförmigen Blättern der Kapuzinerkresse liefen auf einen Punkt zu, dieses hellwache Auge, all diese Augen den Gartenzaun entlang, als wollten sie etwas von ihr.

Sie lief leichtfüßig den Steig bergab. Mit jedem Hüpfer über eine Wurzel hier und einen Stein da zerkleinerte sich die seltsame Ahnung, wie Fensterglas zersplittert unter den eisernen Rädern von Vaters Heuwagen. Sie sprang über das geschlängelte Band des Pfades, nahm die Stufen bildenden Felsplatten mit runden Aufprallern wie ein Ball und war bald auf dem Fahrweg angekommen. Dort hielt sie ihre Strickjacke mit beiden Armen hoch über den Kopf und war ein Schiff und segelte durch die abwechselnd warmen und kühlen Ausdünstungen der Erde hindurch, an mehreren Höfen vorbei und dann auf der mit Mauern eingefassten Dorfgasse zur Kirche hinunter.

„GegrüßtseistduMaria“, rief jemand frech und pietätlos vom Friedhof her. Moidi fuhr ein Stich durch den Brustkorb. Sie bremste ab und band sich die Jacke um die Mitte. Da kam tatsächlich der Lehrer aus der Kapelle geschlendert, und das Mädchen konnte ihn nicht ansehen, weil er etwas mit dem Rittersporn in Mutters Küchengarten zu tun hatte. Sie spürte seine Wärme und roch seinen Brunellengeruch, als er neben ihr herging, aber sie schaute geradeaus, während sie ging, elektrisiert und befangen zugleich, an der Kommende vorbei und durch die spitzbogige Kirchentür durch und die dunkle Stiege zur Orgelempore hinauf, und stellte sich dünnwandig und durchscheinend zwischen die anderen Sänger, eine Rose zwischen Mangold und Bärlauch und Kren.

Sie wärmten ihre Stimmbänder auf mit „Meerstern ich dich grüße".

„Maria, übernimm du die Überstimme", befahl der Lehrer, und sie übernahm und glühte wie der spritzige Wein von St. Magdalena und sang sich zwirbelig im Kopf.

Danach die Mozart-Messe. „Missa Brevis in B, KV 275. Wunderbar. Schlicht und volkstümlich im Charakter", rühmte der Lehrer. Moidi wurde schwerelos, als sie sich freisang, derart federleicht wurde sie, dass sie aus ihrem Leib flog und über die Brüstung und durch das Kirchenschiff. Durch die hohen Fenster glitt sie und hinaus über das waldige Finsterbachtal und am Zwiebelturm von Mittelberg gaukelte sie vorüber und war wie der Heilige Geist eine Taube, ja, so weit verstieg sie sich in der fremden Landschaft der Töne.

„Gehen wir zusammen heim?", fragten die Huber-Schwestern Moidi, als der Lehrer schließlich seine Noten zuschlug.

„Nein, nein", mischte sich der gleich ein, „es klappt

zwar schon ganz gut, aber am Kyrie muss noch ein bisschen gefeilt werden. Maria bleibt noch da!“

Moidi wurde rot. Fast wollte sie sagen, „nein, nein, ich möchte lieber mit euch mit, der Lehrer ist so, so irgendwie … blau, und ich kann nicht schwimmen …“

Aber der Lehrer, der war jemand und nannte sie Maria, das klang edel, nach Kristallschüssel etwa, und erhob sie absolut und unmissverständlich über das anwesende Holzgeschirr voller Ästchen und Unebenheiten. Also blieb sie.

Die Chormitglieder polterten nacheinander die Holzstiege hinab und zogen die Luft mit sich aus der Kirche. Moidi lehnte sich gegen die Orgel und wusste nicht wie atmen. Dunkelheit drückte und presste bereits gegen die fade Lichtglocke, die über das Instrument und auf den Fußboden fiel. Der Lehrer übte eine verzwickte Abfolge von Akkorden und Modulationen, entwickelte über einem düster grollenden Orgelpunkt stets wechselnde, teilweise angstvoll dissonierende Harmonien, dann löste er das Geflecht prächtig in Dur auf, was ihn übermütig zu machen schien, denn er fing gar zu singen an:

*Sie hieß Marie*
*Und treu war sie*
*Sie war der Liebling von der ganzen Kompanie.*
*Ob Grenadier*
*Ob Füsilier*
*Ein jeder kannte sie und träumte nur von ihr.*

Der war vergnügt, ja das war der. Während er sang, rannten seine Augen von Moidi ins Gewölbe hinauf, über das Netz der Rippen und zwischen die Wappen der Hochmeister, Land- und Hauskomture herum wie Eichkätzchen und stürzten sich wieder herab und setzten sich auf Moidis verwunderten Mund und auf die zwei festen Kugeln zwischen ihren Armen, die eingezwängt saßen in dem bäurischen Kleid. Und schmetterte weiterhin das Lied wie der berühmte Spatz von der Rinne.

*Wenn sie zum Tanze ging*
*Dann ging mit ihr*
*Die ganze Infanterie*
*Und auch die ganze Kavallerie*
*Sogar die schwere Artillerie,*
*So süß war sie!*

*Sie hieß Marie*
*Und treu war sie*
*Sie war der Liebling von der ganzen Kompanie.*

„Komm her, Maria!", kommandierte er mit lachenden Zähnen, als er fertig war. Moidi blieb gegen den Spieltisch gelehnt sitzen. Der Lehrer stieg von seinem Sitz herab und machte einen Schritt auf sie zu. Er griff ihr unters Kinn und hob ihren Kopf hoch. Moidi schloss die Augen. Ihr war so bang und sie wusste nicht recht warum. Seine Hand war fest und warm und ein kleines bisschen feucht. Oder war das, weil sie weinte? Als sie seine flatternden Lippen auf ihren Wangen fühlte, dachte sie, ach so ist es, wenn man geliebt wird. Sie stand still, und er küsste ihr nasses Gesicht ab und drang in ihren Mund ein und rieb seine knochige Figur gegen ihre, während der Geruch nach Vanille und Schweiß ihr zu Kopf stieg wie ein Stamperl Schnaps.

Dann wurde ihr heiß, heiß, um Himmels willen, so heiß im Schoß, und sein Zittern auf ihr, sein pochendes, ungeduldiges Zittern, und die Beine schmolzen unter ihr dahin, und ihr Leib prall von Saft und Süße. Es war ihr nur recht, als der Lehrer das Mieder aufzuknöpfen begann, und sie beeilte sich, ihre Hände ungelenk mit übereinander stolpernden Fingern, zu helfen. Als sie mit ihm auf den Boden fiel, riss sie ihre Augen auf und sah nur die fuchsige Aura seiner Haare, und sie schlug mit den Armen und kämpfte gegen eine Strömung an, die sie hinaus auf den See sog, weg vom sicheren Ufer.

Als Moidi schließlich den Heimweg antrat, lag das Dorf schon unter der dunklen Plache der Nacht. Im Osten fassten Rosengarten und Latemar noch mit bleichen Wurzeln nach der versunkenen Welt und bleckten mit schwarzen Zacken in den weggefallenen Himmel. Jedoch der waldige Hügel hinter dem Dorfteich und dem Gasthaus und das Eisacktal dahinter waren wie ausgelöscht. Über die Leite hin waren matte Lichttüpfchen gesprenkelt. Weiter oben war der Wald, wo er in Richtung Horn weiter kletterte, ein dunkler Fleck. Je weiter sich Moidi von der Kuhle entfernte, in der das

Dorf nistete, desto dicker war die Luft mit Zikadengeschrei, man glaubte, man müsste sich daran stoßen. Und Moidi hatte diese unbändige Lust mitzuschreien, sie war so aufgerührt. Aber was würden die Leute sagen, wenn sie Zeugen würden, wie sich die Schwienbacher-Gitsch ihr Innerstes nach außen stülpte? Nein, sie steckte sich stattdessen ihre aufgesprengte Seele in die Beine und fing zu rennen an: mit sicherem Tritt bergauf in der dichten Luft, und die Schuhe tickten auf den Steinplatten des schmalen Steiges wie die Stubenuhr und flappten auf der festgetretenen Erde, und der Atem stieß aus ihr heraus und keuchte wie der Blasbalg der Orgel in der Kirche. Als sie schließlich auf den Fahrweg stieß, rang sie nach Luft. Sie ging nun langsamer. Beim ewigen Licht, das in einem Astloch neben dem Kreuz in der mehrstämmigen Buche glühte, machte sie halt. Ihre Beine zitterten und waren teigig, das Herz trommelte in ihren Ohren, und sie merkte, dass es ihr im Schritt wehtat.

Zu Hause war die Mutter in der Küche und wusch sich die Füße in der emaillierten Waschschüssel. Seit sie wieder schwanger war, standen das Clarostil-Fußbadesalz und die Salbe immer auf dem Regal neben der Rasierseife, dem Rasierpinsel und der Klinge, aber dass deshalb alle Venenschmerzen und Hühneraugen eine gewesene Sache waren, wie die Werbung versprach, stimmte auch wieder nicht.

„Bist sehr spät dran, Moidi“, seufzte die Mutter und

schaute gleich zweimal, weil ihr Kind rot im Gesicht war und irgendwie anders. Aber Moidi sagte einfach, ja, es habe länger gedauert, aber sie sei müde und deshalb gute Nacht, und drehte sich um.

Der Juli war herrlich im Jahr 1939 mit einem aufgerissenen Himmel, durch den das ganze Weltall hereinzufallen schien in seiner Unendlichkeit. Irgendwo in der bläulichen Landschaft machte sich immer ein neuer Ton los, ein Läuten aus einer der Kirchen oder Kapellen, ein Bellen, ein Knattern oder Hämmern, das Aufjaulen einer Säge, ein Schrei, man konnte oft nicht sagen, von welcher Talseite der Ton kam, und wand sich hoch, immer eine andere Luftblase in einem riesigen Aquarium. Und Moidi bewegte sich darin mit wallenden Röcken, langsam, wie in Zeitlupe, und fand immer wieder eine Möglichkeit, sich mit ihrem Lehrer zu treffen, wenn nicht auf der Orgelempore in der Kirche, so doch im dämmrigen Hollergebüsch in der Mulde hinter der Langen Lacke. Dort schwebten die elfenbeinfarbenen Dolden wie Klöppelspitzen über ihnen in einem grüngoldenen Raum und ließen den Blütenstaub auf die keuchenden Leiber niedergehen und rochen süß und bitter zugleich. Und war schon fertig: Immer war zu wenig Zeit, oder jemand könnte vorbeikommen, oder ein Hund.

Ja. Aber schließlich war ein Keil da, der die Moidi und den Lehrer auseinandertrieb. Er kam in Gestalt von

Mena, der Wegmachertochter. Die musste sich der Lehrer einmal genauer unter die Lupe nehmen. Hatte sie sich nicht gut entwickelt, die Kleine? Schau einer an, singt frisch wie ein Vogel in der Frühlingsluft. Aus der wird noch was, wenn man ihr unter die Arme greift. Galt es nicht, der Kirchengemeinde das Beste vorzusetzen zu Maria Himmelfahrt? Seit der Lehrer sein Auge auf ihr hatte, trug Mena den Zopf aufgestellt auf dem Kopf, wie eine Krone.

Es erübrigt sich wohl zu sagen, dass Mena nach den Chorproben mit dem Lehrer privat noch extra schwere Passagen klären musste. Na ja, sie war groß und hatte vorne ordentlich was dran, aber Schönheit war sie keine. So flehentlich Moidi den Lehrer auch anblickte und nach Vorwänden suchte, die ihr gestatteten, ebenfalls länger auf dem Chor auszuharren, der Lehrer sah sie nur streng an, „Maria, du hast doch gehört, dass ich mit Mena zu arbeiten habe!“

Oder er sagte, was die Wirkung nie verfehlte, „geh nur heim, Maria, der Schwienbacher wartet bestimmt schon auf dich!“

Zur Himmelfahrtsprozession sang Moidi aus Trotz und Kummer nicht mit im Chor, sondern war eine der Jungfrauen in weißer Schürze über dem bodenlangen Gewand und mit gestärkten weißen Puffärmeln bis zu den Ellbogen und darunter die schwarzen Tatterlinge über dem glatten Fleisch der Arme und Hände. Die neckten die Keuschheit, die Tatterlinge, mit einem lustigen Gestöber von Löchchen in dem Muster, so raffiniert, und doch durften die so bekleideten Mädchen die heilige Jungfrau und Nothelferin Notburga mit ihrer Sichel durch die Wege und Touristenspaliere des Ortes tragen.

Sonst gab es Arbeit, nichts als Arbeit: das frisch geschnittene Gras anstreben, die Gerste schneiden, der Spätweizen, das Grummet. Verschwitztes Gewand und Schwielen. Missmutig schaute Moidi auf ihre kleinen Brüder, die im Bach spielten oder die feuerroten Beeren der Eberesche durch die hohlen Stiele des Geißblattes bliesen.

Vor fünfundzwanzig Jahren war der Vater mit den anderen Männern des Dorfes in den Großen Krieg gezogen. Jetzt begannen die Sommermanöver in der Poebene. Der Vater suchte im Volksboten nach Zeichen und Hinweisen, mithilfe derer man die politische Lage in Europa abschätzen konnte. Er las vor beim Mittagessen von der restlosen Bereitschaft der Achsenmächte und dass Graf Ciano, der italienische Außenminister, in Salzburg und Berchtesgaden weilte. Dann der deutsch-russische Nichtangriffspakt, was war da dahinter? Selbst der Papst schien auf Nadeln zu sein, denn er machte einen eindringlichen Friedensappell im Katholischen Sonntagsblatt.

Moidi ging das Gerede der Erwachsenen beim einen Ohr hinein und beim anderen hinaus. Sie kümmerte sich lieber um *Benedikta* im *Roman aus deutscher Vergangenheit* und wartete sehnsüchtig auf die Fortsetzung in der nächsten Woche. Und auf den Lehrer, ja den Lehrer. Stellte sich vor, dass er reuig wieder zu ihr zurückfand.

Dann war wieder Waschtag, den ganzen Tag am Brett im Nebel der Waschküche, zuerst das weiße, am zweiten Tag das farbige und am dritten das dunkle Zeug, und die Böden waren am Schluss zu spülen und zu schrubben mit der übrigen Aschenlauge. Der Vater las bei Tisch neue Schlagzeilen vor, sobald er Löffel und Gabel aus der Hand gelegt hatte, während die Frauen mit dem Aufräumen begannen und Moidi die Aluminiumtöpfe mit Essigwasser einrieb. Da war es schon September, als er „Deutschland im Krieg mit England, Frankreich und Polen" vorlas und „Friedensbemühungen des Duce". Und die Wiesen wurden das dritte Mal gemäht, der Hafer und der Buchweizen verarbeitet. Der neue Leps rann heuer süßer als letztes Jahr gegen den Durst.

Moidi verschwand abends im neuen Volksbotenroman *Monika, ein Schicksalsroman von Frauenliebe und Frauenleid.* Sie träumte weiterhin von der breiten Brust des Lehrers und seinen Armen, braun bis zu den Ellbogen, darüber weiß und zart. Und versuchte Botengänge zu ergattern, die sie in die Nähe seiner Wohnung führten.

# 2

Am 16. Oktober fing die Schule wieder an. Leider war sie im Sommer nicht abgebrannt, da hatten Moidis Brüder umsonst jeden Tag darum gebetet.

„Siamo tutti italiani“, verkündete Italia Molini, die Lehrerin, gleich am ersten Tag aufgekratzt und mit glänzenden Augen der Klasse. Sie sprach von den großen Taten Mussolinis, die die italienische Brust stolz schwellen ließen. Durch Mussolini würde das Volk an seine großartige Vergangenheit als Beherrscher des Abendlandes erinnert, und durch ihn würde der Welt die noch großartigere Zukunft der Italiener als Drahtzieher der Weltgeschicke vor Augen geführt. Zur Veranschaulichung des Gesagten ließ sie ihre knallroten Nägel durch den Mief des Klassenzimmers springen, dass die Reifchen um die Handgelenke säbelten. An diesem ersten Schultag ließ sie sich die gute Laune nicht verderben, auch nicht, als sie Moidis Schwester Stasi dabei ertappte, wie sie mitten in der patriotischen Predigt einnickte: den Kopf seitlich auf der Schulter pendelnd, sah das Mädchen aus wie ein welkes Blümchen im Wind. Zur Behebung des Missstandes klatschte die Signorina in die Hände, machte das Kind aufstehen und der Klasse klar und deutlich sagen, wer eigentlich dieser Mussolini sei. Verdattert und benommen stotterte Stasi „Mussolini è il re“ und schaute die Lehrerin fragend an.

„Ach was König, Mussolini è il Duce, il capo del Fascismo“, korrigierte die Signorina das Mädchen irritiert. Und das mussten diese vernagelten Barbarenkinder jetzt und sofort zehnmal in Schönschrift ins Heft schreiben: „Mussolini è il Duce, il capo del Fascismo“. Damit sie sich's hoffentlich und endlich merkten.

Italia Molini hatte es nicht leicht. Sie kam sich vor wie eine Hirtin, die ihre widerborstigen Rinder an einem heißen Sommertag vom Wasserloch wegtreiben musste. Jeden Tag brauchte sie Unmengen von pazienza, um gegen die immer gleiche Sturheit der Klasse anzukommen. Vielfach taten die Kinder, als wäre sie nicht da. Manchmal starrten sie sie feindselig an, eine Mauer soliden Widerstands. Manchmal erschien eine bunte Palette von Belustigung, Angst oder Trotz auf den Gesichtern, untermalt von frechen Zwischenrufen in einer gutturalen Sprache, die sie nicht verstand. Täglich mussten gewisse Kinder, wie zum Beispiel die Schwienbacherischen, daran erinnert werden, dass doch endlich die fünf Lire für den Balilla-Beitrag fällig seien. Wieder und wieder redete sie auf Moidi und Stasi, die zwei älteren der vier schulpflichtigen Geschwister, ein und kaute ihnen die

Vorteile der Mitgliedschaft vor, konnte aber von den blanken Scheiben ihrer Gesichter keinerlei Reaktion ablesen. Trotzdem wurde die Signorina nicht müde, sich zu wiederholen, denn sie hoffte, dass die Botschaft doch irgendwie in den Falten des Gedächtnisses der Mädchen hängen blieb und den Weg zum Vater fand, denn der täte gut daran zu begreifen, dass man mit dem Beitrag in den Genuss der staatlichen Krankenversicherung komme. Jedes Kind sollte in der faschistischen Kinderpartei eingeschrieben sein zu seinem eigenen Vorteil und Glück. Und überhaupt, warum spreizten sich die Schwienbacherischen so gegen alles Italienische, wo sie doch selbst italienisches Blut in den Adern hätten? Oder sei die Mutter etwa nicht Italienerin?

So spielte die Lehrerin ihren letzten Trumpf aus. Moidi aber konnte sich vor der ganzen Klasse doch nicht so einfach Italienerin schimpfen lassen und sagte patzig, die Mutter sei nicht Italienerin, no, no! Sie sei ladinischer Abstammung, und Ladiner seien Südtiroler, altoatesini, so sagte sie in der Sprache der Signorina. Aber die Klassenkameraden und -kameradinnen kannten keinen Pardon und kicherten untereinander und tuschelten, wobei man immer wieder das Wort Krautwalsche heraushören konnte. Ja logisch, hieß es, Ladiner seien Walsche, nämlich Krautwalsche, die brächten Kraut und Rüben und alles durcheinander und seien nichts Richtiges, Deutsche jedenfalls nicht. Da stand Moidi und war bestürzt und begossen von dieser Schadenfreude und gehörte nirgends hin wegen der Mutter.

„Si parla in italiano!“, mahnte die Lehrerin streng in den allgemeinen Aufruhr hinein und verstand nicht, worum es ging und wollte eigentlich nur das Geld für die Partei.

Zu Hause ließ der Vater ein solches Donnerwetter los, als Moidi ihm das Anliegen der Lehrerin unterbreitete, dass sie sich in Erwartung seiner Schläge einnässte. Sie hätte dem angestrichenen Weibsbild zu sagen, seine Familie wolle nichts mit den Faschisten zu tun haben, und die Versicherung könne ihm gestohlen bleiben! Die walschen Zoggler sollten ihn und die Kinder in Ruh lassen und verschwinden, wo sie hergekommen seien.

Später steckte die Mutter der zusammengeputzten Tochter doch das Geld zu. Sie und Stasi sollten jedoch die Balilla-Uniform um Himmels Willen nicht vor dem Vater anziehen. Für Michel und Konrad hatte sie allerdings kein Geld mehr übrig.

„Santo cielo“, raufte sich anderntags die Signorina in der Schule deswegen die Haare, seien manche Menschen doch blind und ließen sich ums Verrecken nicht helfen! Sie griff letztendlich in ihr privates Portemonnaie und legte das Geld für die Brüder aus und beförderte hiermit die schulpflichtigen Schwienbacher-Kinder allesamt in die faschistische Jugendorganisation.

Den Mädchen gefiel die neue Uniform, mit der sie nun als Giovani Italiane bei gewissen Schulfeiern oder am Sabato Fascista ihre Auftritte zu machen hatten: schwarze Röcke, weiße Blusen, die Krawatte, schwarze Kappen, also fesch und städtisch und endlich einmal etwas anderes als das derbe Gewand, und die Mädchen drehten sich hinter verschlossener Tür vor den offenen Fensterflügeln der Kammer.

Aber Michel wehrte sich, stieß und stampfte, als er sich in einen Balilla in kurzen Hosen hätte verwandeln sollen (bist du närrisch, ein Bauernbub in kurzen Hosen!). Konrad, der gerade erst eingeschult war, hatte sich mit den fremden Kleidungsstücken unterm Arm sogar in der Schultoilette eingesperrt. Und als man die Tür endlich aufbrachte, war er weg. Der Abtritt gähnte aus dem Boden und das Fenster stand offen. Die kurze Hose, die Stutzen, das schwarze Hemd und das Halstuch fand man in der Jauchengrube und die Mütze mit dem lächerlichen Tschoggel auf einem der weißfleckigen Kürbisse, die entlang der Jauchenrinne inmitten von tellergroßen Blättern die Wiese hinunter wucherten, von dem maleducato aber keine Spur. Das war eine Aufregung! Als Konrad zur Marende wieder daheim auftauchte, zuckte er nur so mit den Achseln und tat, als ob nichts gewesen wäre. Nachdem er ein Speckbrot verdrückt hatte, sagte er beiläufig und mit einem Trotz, der der bornierten Haltung des Vaters in nichts nachstand, ein Sohn vom Schwienbacher ginge nicht zu den Balilla und fertig, und die walschen Flicklappen seien dort, wo sie hingehörten. Die Mutter sah den Stolz hinter dem Schnauzer des Vaters nicht und zog ihren Jüngsten an den Ohren und schrie ihn an, dass er sie alle noch um Haus und Hof bringe. Da kannte sich der kleine Missetäter nicht mehr aus und jaulte und jammerte, niemandem könne man es recht machen. Jetzt fing der Vater auch noch an, sich in Rage zu reden über die Walschen und wie weit man sich noch erniedrigen lassen müsse und könne nichts dagegen tun, und sein Gezeter gipfelte dann in einer knallenden Watschen, die er mitten in das Gesichtchen seines Sohnes pflanzte, denn Strafe müsse sein, und dieser hatte keinen Grinser mehr auf. Und die Eltern fletschten sich gegenseitig an. Jessesmariaundjosef.

Der Vater, Konrad und Michel fischten am nächsten Morgen noch vor der Schule mit Stangen im Abort herum, bis die fragwürdigen Kleidungsstücke vollzählig, wenn auch voll gesogen mit Jauche, vor den Augen des Schuldirektors auf der fetten Vegetation lagen. Konrad wurde anschließend zum Segretario Politico zitiert, der von ihm hören wollte, dass der Vater ihm befohlen hatte, das Gewand ins Klo zu stopfen. Aber Konrad blieb dabei, dass der Vater von der ganzen Balilla-Mitgliedschaft nichts gewusst hatte. Trotzdem musste der Vater noch zu einer Unterredung und Verwarnung zum Podestà. Damit hatte sich die Sache, aber den Schwienbacherischen war unmissverständlich klar geworden, dass mit den Faschisten nicht zu spaßen war.

So kam es, dass Moidi, Stasi, Konrad und Michel in Reih und Glied mit der Zeit gingen, ihre Muskeln stählten in turnenden Gruppen, die Trikolore salutierten, faschistische Funktionäre begrüßten und sich deren Reden anhörten, wobei sie nicht viel davon verstanden. Sie sangen lauthals „Giovinezza“ und „Fischia il sasso“, ja, da wussten sie auch nicht recht, worum es ging, aber es klang nach Frühling und Kraft und nach tapfer bis in den Tod. Und manchmal gab es Weißbrot und Mortadella oder Weißbrot und Marmelade.

Was die neuen Behörden noch übrig gelassen hatten von der Bürgerkapelle, spielte bei gewissen Anlässen auf, natürlich nicht im Tiroler Aufzug, der war verboten, sondern in der neuen Montur, und die Schulkinder zogen mit der Musik durchs Dorf und schämten sich nur ein ganz kleines bisschen über ihre Uniformen. Gespielt wurde dabei nicht selten der Radetzkymarsch, wie man so im walschen Gewand dahin marschierte, und die Leute amüsierten sich wegen dieser Kombination.

Ja, das Leben war ein Balanceakt. Auf der einen Seite formte und knetete der Staat an der Jugend herum und presste sie in eine neue Schablone, und immer mehr Italiener, die man unten in Italien nicht brauchen konnte, wurden herverfrachtet, um auch die Erwachsenen zu italienisieren und zu schikanieren. Auf der anderen Seite zogen und erzogen die Eltern und Pfarrer und kneteten und pressten ihre Kinder andersrum, auch mit Prügeln, wenn es sein musste, damit sie deutsch blieben und nicht vergaßen, wer sie waren, nämlich Nachfahren des Andreas Hofer (und mit ihm dem Heiligsten Herzen Jesu angelobt), der zu Mantua als Märtyrer des Heiligen Landes Tirol gestorben war.

„Nach den Franzosen werden wir die Walschen auch noch überleben“, tröstete der Vater beim Mittagessen.

„Warum eigentlich“, flüsterte Moidi zur Stasi, „mir schmeckt die Mortadella.“

„Mir auch“, sagte die.

Jetzt, wo die Deutschen nach dem Anschluss Österreichs in so greifbarer Nähe seien, wehe auch ein anderer Wind in Südtirol, sagte der Lehrer in diesen Tagen zum Vater. „Schwienbacher, verstehst, die Nazis werden unsere Rettung sein!“ In den nächsten Monaten musste optiert werden.

„Ich gehe nach Deutschland. Du wohl auch, Schwienbacher“, drängte der Lehrer, „alle, alle müssen wir auswandern und es den walschen Saukrüppeln zeigen, wohin wir gehören!“

Aber der Vater war anderer Meinung. Für ihn war es beschlossene Sache, mit seiner Familie zu Hause auf seinem Hof zu bleiben.

„Ein Dableiber“, sagte der Lehrer mitleidig und spöttisch. Aber der Vater verließ sich auf seine und des Pfarrers Nase. Ihm war das spitze Lehrergesicht immer schon unsympathisch gewesen.

So gingen die Wochen dahin. Die Arbeit hörte nie auf. Tagelang im Kleeacker, die Steine aufsammeln, die die Erde immer wieder neu auszuspucken schien, und sie auf den Weg werfen. Der Vater und Florian stampften sie dann in den Boden, sodass der Weg stellenweise gepflastert war.

Die Krautrüben mussten gezogen werden. Das Holz aufgeschichtet. Dann wurde gedroschen. Immer wieder

Futter geschnitten. Abends strickten die Frauen und Mädchen schon für Weihnachten.

Anfang November war Moidi fünfzehn geworden. Da verbot der Vater ihr die Schule, denn sie hatte die Schulpflicht erfüllt.

„Gott sei Dank kannst du mir jetzt mehr zur Hand gehen“, meinte die Mutter mit einer Hand auf dem Bauch, „so gerne und leicht du auch lernst, Weiterstudieren ist nichts für ein Bauernmädchen, das musst du einsehen. Im Frühling, wenn das Wetter besser ist, schicken wir dich auf ein paar Monate ins Elisabethinum in die Stadt, das jetzt Istituto di Santa Elisabetta heißt, um das Nähen zu lernen, und später einmal kannst du dir bei einer tüchtigen Häuserin in einem Pfarrwidum das Kochen abschauen. Wäre das was, Moidile?“

Wenn Moidi in der Früh in den Stall ging, schnitt die Kälte durch Schürze und Röcke, als wären sie aus Luft gewebt. Der Morgenstern stand noch über dem geduldigen Rücken des Schlerns, wo der neue Tag als ein türkiser Streifen begann.

Seit dem Bartholomäustag waren wieder alle acht Kühe im Stall und schnaubten warmen Dampf unter die Balken. Joss hatte schon mehrere Fuhren Mist auf den Haufen gekippt und schielte etwas verwundert auf Moidi, die öfters gegen ihre Lieblingskuh Camoscia gelehnt verweilte. Was er nicht wusste, war, dass sie mit ihrer Stirn im wolligen Fell des Tieres vergraben gegen die Wellen von Übelkeit ankämpfte, die sie vor allem in der Früh überrollten. Es dauerte meist einige Minuten, bis sie sich unter Kontrolle hatte und sich auf den einfüßigen Melkschemel hinsetzen konnte, unter die wamperten Leiber der Tiere, und die Milch in den eisernen Kübel singen ließ.

Camoscia hatte sich während des Sommers auf der Alm von einem verspielten Kälbchen in eine brünstige Kuh verwandelt.

„Ich muss mit dem Salegger reden. Es ist Zeit, den Stier auf die walsche Kuh zu lassen“, sagte der Vater beim Mittagessen, „zu Lichtmess bringt sie mir dann mit einem Kälbchen im Bauch gut das Doppelte ein.“

Als sie das hörte, ließ Moidi mit einem lauten Aufweinen den Löffel in den Knödelteller fallen, schlug die Hände vor ihr mit Tränen überschwemmtes Gesicht und rannte auf die Diele und auf den Söller hinaus.

„He, he“, machte der Vater, als ob es galt, sein Vieh zu besänftigen, und Stasi, Konrad und die Base Elsa schauten erstaunt von einem zum anderen.

„Sie hat eben Camoscia gern. Sie will nicht, dass Ihr sie hergebt“, versuchte Michel eine Erklärung.

„Ach was, ach was.“ Die Mutter warf ihre Hand durch die Luft, als verscheuchte sie ein paar Mücken, „Faxen sind das. Phh …“.

Und Joss kaute und runzelte die Stirn. Der Vater schüttelte den Kopf. Florian sagte „Weiber“ und schaute ins Weinglas.

Moidi sang nur mehr sonntags bei der Messe im Chor mit, Befehl des Vaters, denn der Umgang mit dem Lehrer war auf das Allernotwendigste zu beschränken, seit der so laut für die Auslandsoption Propaganda machte. Manchmal streifte sie im Gedränge zwischen Orgel und Chorgeländer gegen ihn. Seine Aura schien sie anzusaugen und einzunebeln. Und konnte nichts dafür, dass ihr das Herz bis zum Hals schlug und sie wild vor Erregung um Luft rang. Wie sein Adamsapfel zuckte, der blasse, wächserne mit den wenigen widerspenstigen Härchen. Aber der Lehrer wich Moidis weiten Augen immer aus und bewegte sich ihr gegenüber wie jemand, der ein zu großes Paket im Arm trug, vorsichtig, nur nirgends anstoßen, entschuldige, hier, und bitteschön. Trotzdem schwelte das Verlangen nach ihm wie ein Brand in ihr, während sie in der weihrauchigen Kirche so tat, als würde sie andächtig beten. Sie machte ihn unter allen Männerstimmen aus, ein Schwall frischen Wassers besetzt mit Sonnenstrahlen, dachte sie, in dem dunklen Teich der Gemeinde.

„Sie hieß Marie …“, hörte sie ihn in den braunen Grasstoppeln, wenn sie die Hennen vom oberen Acker zurück zum Stall jagen musste, und im Wind, der den Schnee über den Berg blies, und nachts in den Lärchen vor der Mädchenkammer. Seine Lippen waren Weihnachten. Lebkuchen und Glühwein.

Sie versuchte, ihm im Dorf über den Weg zu laufen. Von einem privaten kleinen Stelldichein erhoffte sie sich eine Chance. Vielleicht würde sie ihn beim Schwager im

Gasthaus antreffen, weil er da öfters aushalf. Deshalb richtete sie es manchmal so ein, dass sie nach dem Milchstellen dort vorbeiging, statt den kürzesten Weg heim zu nehmen. Wenn er nun wirklich einmal draußen in der schrägen Herbstsonne unter den Kastanienbäumen den warm eingemummten Gästen ihren Kaffee servierte oder Tische abwischte und Aschenbecher leerte und sie ihn grüßte (ob er sah, wie verlegen sie war?), sagte er nur: „Ach, die Dableiberin“, und tat, als ob er sich nicht mehr an sie erinnerte. Er lachte höchstens in sich hinein, sodass die kleine durchsichtige Blase der Hoffnung, die sich in Moidi aufgezogen hatte, platzte und sie keine passenden Worte mehr vorrätig hatte. Da wäre doch besser gewesen, ihn nicht zu suchen. Die Scham wäre ihr erspart geblieben. Wie er ihr das Blut durch die Wangen schickte mit dem Spott in seiner Stimme! Was konnte sie dafür, wenn der Vater entschied, was für seine Familie gut war? Was hatte das mit ihrer Liebe zu tun? Aber andererseits, stimmte es etwa nicht, dass sie alle hierher gehörten wie die Berge und die Bäume und die Dörfer und die Kirchen?

# 3

An einem kalten Samstag im November saßen die Feuerwehrmänner und ihre Gönner beim Unterwirt zum Törggelen zusammen. Es lag auf der Hand, dass die spontane Sitzordnung um die gebratenen Kastanien und den neuen Wein der Optionslage entsprach: Die Dableiber verkrochen sich tuschelnd im Herrgottswinkel, und die Optanten steckten ihrerseits die Köpfe beim Ofen zusammen. Mit Jahresende musste jeder gewählt haben.

Der Podestà und zwei Carabinieri saßen abseits neben der Tür, wo auf einer Reihe von Haken die feuchte Schneeluft aus den Joppen und Hüten der Gäste verdampfte, und widmeten sich äußerst konzentriert dem Schweinernen mit Kraut.

Mit dem Fortschreiten der Zeit und proportional zum Weinkonsum begnügten sich die Einheimischen nicht mehr mit scheelen Seitenblicken auf die jeweilige Gegenpartei. Ihre Stimmen wurden lauter und giftiger. Zuerst flogen spitze Bemerkungen, die bald Anschuldigungen wurden und schließlich Drohungen, und schossen wie Giftpfeile zwischen den Gruppen hin und her. Florian saß bei den Optanten und rief zu seinem Vater hinüber: „Dass Ihr es wisst“ (und er musste einen kräftigen Schluck trinken), „jetzt wo ich achtzehn bin, wähl ich, wie ich will, und wenn Ihr dableibt, meld ich mich freiwillig und geh hinaus zu den deutschen Brüdern!“

„Bei der Tür da gehst du hinaus! Ins Reich kommst du mir nicht!“, gab ihm der Vater zurück.

Aber der zu seiner Linken rief: „Ach was, geh nur, so einen wie dich brauchen wir hier nicht!“

Und dem Vater verzog es säuerlich das Gesicht.

„Ja und sag einmal, von was möchtest du leben, ha?“, fragte er seinen Ältesten. „Na na, wir bleiben alle zusammen, die Familie brechen wir nicht auseinander, und unseren Familienbesitz geben wir auch nicht her, wir sitzen schon sechshundert Jahre lang drauf!“

Aus dem allgemeinen Gewirr lösten sich immer wieder einzelne Wörterhaufen heraus oder Ausrufe und sprangen durch den Mief und gingen dann wieder unter: „Lasst ihn nur tun, den Bub, tun tut er sowieso wie er will!“

„Noch eine Runde, Zenzi! Wir sind beim Austrocknen!“

Und Florian kreischte seinen Vater an: „Von Euch lass ich mich nicht mehr herumkommandieren!“

„Schwienbacher!“, das war der Lehrer, „lass dir etwas sagen von den Jungen, die haben oft die größere Weitsicht als ihr alten Zöpfe!“

„Hört euch den geilen Kittelschmecker an! Eurer Moidi ist er ja auch nachgestiegen!“, kam es vom Dableibertisch.

„Lass meine Gitsch aus dem Spiel“, grollte der Vater böse seinen Nachbarn an. „Und für meine Familie entscheide immer noch ich“, schrie er zum Lehrer hinüber, „da lass ich mir von keinem hergelaufenen Unterländler was dreinreden!“

Und hatte ganz rote Bäckchen. Die Frechheiten, die man sich bieten lassen musste! Seine Augen schwammen, und die Pfeife zitterte entrüstet in seiner Hand.

„Was, untersteh dich, mich einen Hergelaufenen zu heißen. Ich bin ich, und was bist du? Du bist ein Hornochs!“, gab der Lehrer zurück.

„Du bist wohl besoffen. Sauft wie ein Loch und dreht sich, wie's Windchen weht“, meckerte jemand.

„Der Wein, wo bleibt denn der Wein, wir sind ja beim Verdursten!“, rief Florian.

„Um die Option, Leute, es geht um die Option. Es geht darum, dass wir geschlossen gegen die Faschisten antreten!“, mischte sich der Pfarrer ein.

Man schaute verstohlen hinüber zum Tisch bei der Tür, aber die Italiener schien das alles nichts anzugehen. Die verstanden ja nur ein paar Wörter Deutsch und taten, als wären sie ganz unter sich.

„Auswandern müssen wir, alle gemeinsam, versteht ihr nicht?“, überschreit der Lehrer die anderen. „Geht das in eure dicken Bauernschädel nicht hinein? So geben wir den Faschisten das klarste Signal!“

„Da bei den Walschen sind wir nicht mehr daheim“, pflichtete ihm jemand bei.

Die Männer johlten, als Zenzi mit einem neuen Literkrug daherkam, und ob es auf ihrem Balkon immer noch Sommer wäre, fragte der eine und schaute ihr hinter den Ausschnitt, und heut komme er bei ihr fensterln, gell, und betätschelte ihren Hintern. Aber sie war es gewöhnt und lachte nur und schob die dreisten Hände aus dem Weg wie das bettelnde Vieh auf der Alm und im Sack keine Lecke mehr.

Und zwischendurch schrie einer: „Du Depp!“

Und ein anderer: „Selber Depp, depperter Dableiber!“

Und ein anderer grölte wichtig, wie von der Kanzel: „Deutsch nicht nur bis zum Brenner, deutsch bis zur Salurner Klause! Wir sind deutsch! Wollt ihr euch alle verwalschen lassen?“

Die einen sind fürs Gehen, die anderen fürs Dableiben. Sauf aus, sauf aus, sauf aus. Der Lagrein ist besonders dunkel und kräftig in dem Jahr und riecht leicht nach Veilchen, Vanille und Waldbeeren. Er dickt manche Zungen ein, macht sie behäbig und schläfrig, und löst wieder andere: „Du mit deinen arschgescheiten Sprüchen!“

„Die Walschen wollen uns ja nur über die Grenze ekeln und sich dann ins gemachte Nest setzen!“

„Ja, genau. Der Hitler kriegt die besten Köpfe und der Mussolini kriegt das schönste Land!“

„Nein, so wird’s nicht! Wir bleiben nämlich da!“

Der Pfarrer versuchte zu beschwichtigen: „Horcht her, mit Davonlaufen ist nichts gewonnen! Wir haben natürlich das Anrecht auf unsere deutschen Namen, Schulen, Zeitungen, Gräber und so fort, aber nur wenn wir dableiben, können wir um unsere Rechte kämpfen!"

Als ihm jemand an den Kopf warf, dass er ein Aufwiegler sei, zog er an seinem weißen Kragen und sah unglücklich aus. Und schon kriegte er die nächste Abfuhr erteilt: „Dich und deinen scheinheiligen Hokuspokus brauchen wir im Reich nicht, du kannst uns gestohlen bleiben!"

Das war der Lehrer. Die Bauern schauten schockiert.

Aber der Pfarrer ließ sich auch nicht lumpen: „Mit der Auffassung willst du unseren Kirchenchor leiten? Chorleiter bist du *gewesen*. Jetzt such ich mir einen anderen!"

Ja, dass der Lehrer sich traut, jetzt auch noch gegen Pfarrer und Religion zu gehen! Der Vater japste in dem milchigen Dunst nach Luft, dann keuchte er unter dem Druck der Entrüstung: „Raus mit dir zu deinen Reichsdeutschen. Du mit deinen Nazis geh zum Teufel samt dem fanatischen Spinner mit der Spinne auf der Fahne!"

Er sprang so heftig auf, dass sein Stuhl umfiel.

„Ihr hetzt uns die Kinder auf und nehmt uns die Heimat weg! Das haben die Faschisten noch nicht zuwege gebracht", schrie er mit verzerrtem Gesicht den Lehrer an. Dieser war im Nu bei ihm und packte ihn bei den Hosenträgern und krachte ihn gegen das Getäfel, und der Unterfrauner boxte dem Vater noch ins Gesicht, bevor der seine Fäuste hochreißen konnte. Der Podestà und die zwei Carabinieri hatten nun doch nicht geschlafen und warfen sich in den Tumult und bauten ihre italienische Autorität auf und machten die Männer kuschen und heimgehen.

Wo Florian untertauchte? Daheim in der Bubenkammer schlief er jedenfalls in der Nacht nicht.

Es war schon lange nach Mitternacht und die Mutter behandelte noch immer das geschwollene Gesicht ihres Mannes mit kalten Kompressen. Als sie sich müde ans schwarze Fenster stellte, da sprang sie der Schrecken mächtig an, und sie fasste sich an den Leib: Hinter Stall und Stadel war ein heller, pulsierender Schein.

„Feuer!“, keuchte sie.

Das war wie ein Albtraum, der nie aufhört: die politische Zerrüttung, die an ihre Existenz ging, der Mann zusammengeschlagen, ihr ältester Sohn ein Fremder und jetzt das. Und schon stand der Schwienbacher neben ihr mit dem nassen Fetzen auf der Glatze.

„Das Bienenhäusl!“

Er rannte und lärmte durch den Flur, sodass alle wach wurden. Moidi war im ersten Moment vor Schreck wie ans Bett gefesselt, nicht einmal den Kopf konnte sie heben. Da hatte Stasi schon Licht gemacht und rief ihre Schwester beim Namen und brach den Bann.

„Bringt das Vieh auf den oberen Acker!“, schrie der Vater, wie sie alle durcheinanderstoben und tscheperten mit den Kübeln.

Als Moidi ums Hauseck bog, war es taghell, wie eine plötzliche Erleuchtung. Die Welt war aufgebrochen und offenbarte sich ihr einen kleinen Augenblick lang und lähmte ihren Körper vor Entsetzen.

Aber Stasi zerrte an ihrem Arm. Das Bienenhaus war eine Fackel. Der Vater und Joss löschten mit dem nassen Heutuch. Vom Nisser waren sie gekommen, der Bauer, der Knecht, die Bäuerin und die Dirn. Sie warfen Wasser gegen die Flammen. Die Mutter stand am Trog und füllte die Kübel nach. Sie hatte nicht Zeit gehabt, das Haar aufzustecken. Der magere Zopf hing ihr bis in die Kniekehlen, schwänzelte auf dem Flanellhemd herum, gab ihr etwas Kindliches, obwohl ihre Bewegungen schleppend waren, so als müsste sie sich immerzu aufraffen. „Jessesmariaundjosef, halt den Wind auf", betete Moidi.

Wenn das Feuer nur nicht ins Heu überspringt. Sie machte mit Stasi die Kühe los und trieb sie auf den Acker oberhalb des Weges. Michel brachte die zwei Rösser herauf. Konrad flennte und hängte sich an Moidis Nachthemd. Da standen sie nun, zusammengedrängt, die Tiere und die Kinder und zitterten. Die Sterne strahlten scharf mit blitzenden Klingen aus dem schwarzen Himmel und in der Luft war kein Erbarmen. Moidi driftete durch die Milchstraße, da hörte sie Stasi sagen: „Du, die Wegmacher-Mena hat gesagt, der Lehrer küsst gut; wie weiß man, dass jemand gut ist im Küssen?"

„Ach, das ist leicht. Wenn er die Augen zumacht, ist er gut", wusste Michel.

„Mmm", machten die zwei und hoben sich die Gesichter entgegen und spitzten den Mund.

„Pfui", sagte Moidi und stieß Stasi in die Seite, „wie könnt ihr nur so blöd sein, wo es bei uns brennt!"

Aber den Kindern gefiel das Thema, Schlüpfriges wärmt so schön, und ihre Gesichter flackerten orangefarben, bis die Erwachsenen mit ihren langen Stangen das Bienenhaus zwischen Fontänen von Glut zum Einsturz brachten.

„Und je größer die Zunge", fragte Stasi, „umso besser?" und kicherte und schaute Moidi schräg an, und Michel ließ die Augen nach hinten rollen.

„Frag nicht so dumm, wenn du's eh weißt", sagte Moidi grantig und stapfte zu den Erwachsenen, den Konrad mit sich reißend.

„Brandstiftung", hörte sie gerade den Nisser sagen, „Kerosinkanister, Zigarettenstummel, Fußtritte im Raureif vom Weg herunter, es müssen drei Leute gewesen sein."

„Der Lehrer raucht Zigaretten", sagte der Vater und ließ die Feststellung einfach so in der Luft hängen, dass sie Moidi wie ein nasser Aufwischlappen ins Gesicht klatschte.

Einige Tage später schnappte Moidi im Geschäft auf, dass die Frau des Lehrers wieder im Lungensanatorium sei und der Lehrer allein zu Hause. Ihr war unwohl unter den bohrenden Augen der Ladnerin. Die ging zwar hin und her und zählte und wog und füllte die Tasche mit

Weggen, Zündhölzern, Schuhcreme, Pfeifentabak, Boxelemehl und Salatöl, wie es Moidi bestellt hatte, aber ließ das Mädchen mit ihren Blicken nicht aus. Als sie schließlich ruckartig eine Schublade aufzog und ein dickes schwarzes Heft herausholte, verscheuchte sie das Kind mit flatternden Händen.

„Ich schreib's ein, ich schreib's ein", sagte sie ungeduldig, „ich hab noch andere Kundschaft", und Moidi war abwechselnd heiß und kalt vor Verlegenheit.

Beim Rorate am nächsten Morgen war es draußen so finster, dass Moidi fürchtete, die Sonne würde nie mehr aufgehen. Gefühle von Ohnmacht und Verdammnis nagelten sie in die Bank. Das Kirchenschiff war in ein metallenes Licht getaucht. Auf dem wie von innen her erleuchteten bodenlangen weißen Tuch, das den Altar bedeckte, stand pulsierend das weißliche Auge der Monstranz, und darüberhin splitterten Kerzenflammen kaleidoskopartig auseinander und gaukelten und verdichteten sich gegen beide Seiten des Altars hin zu Wellen und Strudel und wälzten sich schließlich durch den Altarraum und fraßen die Luft auf, und Moidi schwankte und hatte bald nichts als schwarze Grießeln vor den Augen und wurde hinterrücks angefallen von der panischen Angst, sich selbst zu verlieren. Sie umklammerte die Bank, in der sie kniete, dass die Knöchel der Hände hervortraten. Gottseimirgnädig. Schließlich fasste sie sich so weit, dass sie sich aus der Kirche stehlen konnte. Wenigstens, so kam es ihr in den Sinn, war sie ganz hinten beim Eingangstor gekniet, denn sie war erst nach dem Sechsuhrschlagen und Zusammenläuten eingetroffen. Daher hoffte sie, dass ihr zu frühes Weggehen kaum jemandem auffallen würde. In der letzten Zeit brauchte sie länger, um über den Steig hinunter ins Dorf zu kommen, drall und prall wie sie geworden war. Der Winterspeck stehe ihr gut, so möge er die Mädchen, hatte Florian gesagt, als sie ihm vor einigen Tagen half, seine paar Sachen zu packen. Er hatte beschlossen, zum Hölzl hinüberzuziehen, weil ihm die Luft zu Hause wegen der Optionsgeschichte zu dick geworden war.

Draußen vor der Kirche lappelte die Kälte gegen Moidis Wangen und nippte an ihrem zugefrorenen Bewusstsein, bis es Sprünge bekam, unter denen das aufgeschürfte Herz pulsierte. Über Dorfgasse und Gebäude lag nun doch ein schmutziges Zwielicht. Moidi entschloss sich schnell, ging über den Platz, half sich mithilfe der Eisenstange in der Hausmauer über die Stufen hinauf und läutete an der Tür des Lehrers.

„Maria“, sagte der perplex, als er aufmachte. Er hatte einen blauweiß gestreiften Pyjama an und Bartstoppeln im Gesicht. Schnell blickte er über die vermummte Gestalt des Mädchens hinweg die Gasse hinauf und hinunter. Seine Frau, die hinter ihm auftauchte, war sehr blass. Ihre modische Kurzhaarfrisur, die bei den jungen Sekretärinnen und Bankangestellten in der Stadt beliebt war, war zerzaust. Mit den Haaren schneiden sich die Weiber die Ehre ab, fiel Moidi ein. Das war Mutters Spruch, wenn sie ihre Töchter über die schön auffrisierten Bubiköpfe der Sommerfrischlerinnen reden hörte. „Die Frau vom Lehrer auch?“, hatte sie Moidi einmal gefragt. „Ach die arme Haut“, war die Mutter ausgewichen, und Moidi hatte den Eindruck gehabt, dass Tuberkulosepatienten jenseits aller Gepflogenheiten standen. Als Moidi nun die Frau anstarrte, als wäre sie ein Geist, ging ihr ein Riss quer durch den Bauch und nagte sich im Kreuz fest und brach schließlich in Form eines rauen Lautes aus ihr heraus.

Die Frau fragte: „Was ist, Moidile?“

Der Lehrer musterte das Mädchen von oben bis unten: diese Art der Schwienbacher-Maria zu schauen, die Augen wie zwei sperrangelweit offene Pforten, und er rückte sich die Brille zurecht.

Moidi wusste inzwischen nicht mehr, warum sie geläutet hatte und drehte sich um und stolperte, ihre Beine Zementblöcke, die Stufen hinunter auf den Platz, wo es kalt war, so kalt, und jeder Schritt eine Zumutung. Die Kälte fraß an ihren Fingern, biss sie in die Wangen, zwickte sie in die Nase, bis sie rann. Die Fenster der umliegenden Häuser glänzten matt wie das Eis, das hier und dort eine Delle im Weg bedeckte. Nur ganz wenige waren erleuchtet und gossen fahle Trichter auf die Straße. Ein magerer Eisregen zischelte und stieß Moidi unter das Gerippe der Linde durch, an der Kommende vorbei und in das schwarze Loch des Tunnels, über dem das Ordenshaus mit der Kirche zusammenwuchs, und weiter zum Gasthaus auf der Landstraße und in Richtung Altersheim. Dann orderte sie die Schwerkraft hinunter in den Wald. Dort war es noch so dunkel zwischen den Bäumen, dass sich Moidi über den Verlauf des Steigs nicht sicher war. Aber mit jedem Tritt verminderte sich das Zischeln und machte einem beruhigenden Rauschen Platz, und sie wusste nicht, waren es die Tannen oder der Bach.

# 4

„Moidi ist immer noch nicht vom Rorate zurückgekommen“, sagte die Mutter alarmiert zum Vater, als er zwei Kübel Milch zur Zentrifuge stellte. Absahnen musste man, Butter schlagen. Die Milch, die Moidi jeden Tag mit der Buggelkraxe in die Milchzentrale tragen musste, bis diese Kreuzschmerzen angingen, war abgefüllt. Wo war Stasi? Ja, die ringelte sich die kleinen Härchen auf der Stirn vor dem Rasierspiegel. „Wenn du da lang genug hineinschaust, schaut der Teufel zurück!“, schimpfte die Mutter. „Heute gehst du mit der Milch, Stasi“, schuf sie an.

Da war so viel Arbeit, und Moidi machte sich einen Feiertag? Sich vor der Arbeit drücken war sonst nicht ihre Art.

Der Vater runzelte die Stirn. Das Rorate war schon vor über einer Stunde aus. Hoffentlich war sie nicht auf dem eisigen Steig gefallen.

„Ich geh dann eben ins Dorf“, brummte er, „muss ohnehin beim Schmied vorbei.“

Die Schwienbacherin lehnte sich gegen den Türstock und fuhr mit dem Handrücken über die Stirn. An Samstagen fiel noch mehr an als sonst. Um zehn wollte die Binderin kommen und die zwei Kilo Butter holen fürs Gasthaus, und Joss hustete und fieberte drüben in der Kammer im Stall, der hatte sonst auch niemanden, der alte Knacker. Sie machte die gewohnten Griffe, tat die täglichen Schritte. Die Schubladen hatten ihr gewohntes Gewicht. Automatisch zog sie den Kopf ein, immer wenn sie durch die Tür in die Milchkammer ging. Vor der Stubentür war ein Brett im Dielenboden, das quietschte unter ihrem Fuß. Die Wand im Flur strahlte warm, weil dahinter der Kamin hinaufging. Die Reisigbündel im Ofen schnalzten. Sie machte das Türchen zu. Acht Schritte zum Spülbecken. Zwanzig Umdrehungen der Kurbel mahlten den Kaffee. Drei Eisenringe brauchte es, um die Öffnung über dem Feuer zu verkleinern, damit der Milchtopf draufpasste. Gallseife in die Kniegegend der Hosenschlottern mit einer Bürste einreiben und ein paar Minuten einwirken lassen, das löst den ärgsten Schmutz. Der Geißtraubentee brauchte ein Bröckchen Kandiszucker gegen die Bitterkeit. Die Schweine kriegten das Koch so, und den Hennen musste man noch Pannonia-Pulver untermengen, damit es dicker wurde. Die Fenster waren beschlagen. Jeden Dezember schneite es. Der Pfarrer hatte sie bei der letzten Beichte nicht losgesprochen. Weil sie uneinsichtig war und keine Reue zeigte und dem Mann den Geschlechtsverkehr verweigerte.

„Geh leck mich“, sagte sie laut, „ich bin ja kein Ross.“

Und war nicht froh wegen dem Kind in ihrem Bauch.

Im Dorf wusste man nichts über Moidis Verbleib. Vom Rorate war sie bei der Wandlung weggegangen, das hatte die Viktlin gesehen, wie sie sonst auch immer über alles bestens informiert war. Bei der Schuster-Susanne war sie nicht. Auch nicht bei einer anderen Freundin. Weiß Gott, an einem Samstag hatte doch jeder ein volles Programm … und dazu Weihnachten vor der Tür.

Der Eisregen war in Schnee übergegangen. Ein leichtsinniger Schnee, der seine Pirouetten drehte und einem um die Füße staubte und sich nur ungern festsetzte. Er flatterte dem Vater in die Joppe und machte seinen Schnauzer weiß. Vielleicht war sie über den Waldweg heimgegangen. Wer wusste schon, was Kindern durch den Kopf geht. Aber es wird schon etwas Wichtiges gewesen sein, weil Moidi doch sonst ein braves Mädchen ist, so dachte der Schwienbacher bei sich, nicht unstolz, und war erleichtert, als er den Perglsteig durchgemacht hatte und keine Spur und keine Seele zum Graben hinunter, man wusste ja nie, und ausgerutscht war man bald bei dem Wetter.

Zu Mittag gingen der Vater und Michel zum Pirbamer und zum Loamer und baten um Mithilfe beim Suchen. Sie nahmen den Hund mit. Um drei Uhr rückte die Feuerwehr aus. Da war der Schnee knöcheltief. Manchmal wendelte er sich zu einem kleinen Wirbelwind hoch oder ließ seine Fetzen über den Unterposner Rain fliegen.

Der Pfarrer jedenfalls hatte keine Ahnung von nichts, er hatte Moidi heute beim Rorate keine Kommunion ausgeteilt, da war er sich sicher. Und der Lehrer hatte die Achseln gezuckt. Ja, schon, sie hatte bei ihm geklingelt und war ohne ein Wort wieder gegangen. Das sei ihm nicht normal erschienen. Aber er sei ihr nicht nachgegangen. Wie jeder wisse, habe er sich um seine kranke Frau zu kümmern. Bei den jungen Gitschen kenne man sich schon öfters nicht recht aus, und überhaupt, sie müssten jetzt packen, nichts für ungut. Übermorgen gehe er mit seiner Frau heim ins Reich. Stolz und frei sich als Deutsche benehmen und bekennen, das sei sein größtes Anliegen und sollte das eines jeden Südtirolers sein, sagte der Lehrer. Er, der Schwienbacher, solle das bedenken, das rief er dem Vater noch nach.

Aber dem war die Politik im Moment schnurzegal. Er war schon dem Hund gefolgt. Der rannte bergab, immer bergab und in den Wald. Der Vater rief ihn. Der Hund kam nicht. Sein Kläffen war weit weg.

„Sauvieh", sagte der Vater, „verfolgt einen Hasen."

„Schauen wir nach", sagte Michel.

Als sie in den Wald eintauchten, war es sehr still. Der Schnee rieselte sparsam durch die Tannenzweige.

„Von dort kommt das Bellen", meinte Michel.

Sein Fäustling zeigte bergab und auf den Finsterbach zu. Die zwei schnauften kleine Wolken. Zweige knacksten unter den Schuhen.

„Mit den Moosplatten könnte man gut die Krippe auslegen", sagte Michel und deutete auf eine niedrige Felsenstufe. Das Moos bestand aus winzigen Wedeln und war trotz des Zwielichtes saftig grün und samtig.

Der Bach im Graben gluckste und gurgelte unter der Eisschicht. Auf der anderen Seite im Steilhang bei den Erdpyramiden, die der Vater scherzhaft die steinernen Mandln zu nennen pflegte, Ausflugsziele der Fremden im Sommer, schwänzelte der Hund herum. Er winselte und rannte hin und her und dem Vater und Michel einige Schritte entgegen und wieder zurück und stieß seine Schnauze gegen einen dunklen Haufen zwischen den Moränensäulen. Der Vater rannte jetzt auch und stolperte und rutschte. Was er dachte und ob er schreien wollte, weil ihn das Grauen ansprang und an seiner Fassung riss? Die karierte Schulterdecke über Kopf und Rücken gezogen, hatte sich Moidi hingekauert und war vornüber gegen eine der Formationen gesunken. Seine Moidi. Sein Kind mit dem Ringelhaar und dem Grübchen mitten im Kinn nun hingeschmiegt an das gefrorene Geröll. Der Schnee war wie Zucker auf der Kurve ihrer Schultern und bewegte sich nicht.

„Moidi! Moidi!"

Sie könnte genauso gut ein Haufen Holz sein und rührte sich nicht und ließ sich nicht aufwecken. Der Vater legte zwei Finger in den Mund und stieß Pfiffe los, um die Feuerwehr aufmerksam zu machen.

„Schnell Michel, du musst ins Dorf zurück. Bring Männer, eine Tragbahre!"

Der Deckstein der Erdpyramide, er sah aus wie ein Hut, neigte sich bedenklich über die Gestalten. Zerbrechlich war das Glück und kurz war das Leben. Der Vater versuchte es mit Schütteln und Schreien und rieb die stillen Glieder und versuchte den grauen Winter aus dem Gesicht des Mädchens zu blasen. Warum waren seine Hände so rau und schwielig, die Finger ungeschickt und klamm wie mit Eisen gepanzert über dem feinen Bogen der Stirn. Umständlich wickelte er die Tochter in seine Joppe und verbarg sein Entsetzen vor dem Hund und tarnte es mit seiner Emsigkeit.

Als die Männer mit Moidi den Weg heraufkamen, stand die Mutter am Söller und hielt die Hand Stasis, als ob sie sie nie mehr auslassen möchte. Sie keuchte wie mit einem Felsblock am Rücken und schon jetzt im Fegfeuer und sah die Bahre mit Augen, die rauchten, so trocken, so heiß, und nun hatte ihr Leben einen Knick bekommen, den ersten großen, aber nicht den einzigen, das wusste sie jedoch noch nicht. Was sie wusste war, dass die Welt sich weiterdrehen würde, Abend, Nacht, Morgen, nach dem Winter wieder Frühling und Sommer, die Wanduhr würde die Minuten abticken: was hab ich getan, was hab ich nicht getan. Es war eine Ordnung in der Welt, die rollte über Schmerzen und Freuden hinweg. Aber die Schmerzen, die Schmerzen verbrannten die Heiterkeit und ließen immer mehr Müdigkeit und Stumpfheit zurück.

Da riefen die Männer: „Sie lebt, sie lebt.“ Sie hatten gleich die Roanerin, die Hebamme, die sich mit Leben und Sterben auskannte, mitgebracht, und auch den Pfarrer.

In der Mädchenkammer zog die Mutter ungeschickt ihrem Kind die Schuhe aus, machte sein Mieder auf, das ihm so eng auf dem Leib saß, und nahm die Schürze ab. Als sie es beim Namen rief, stöhnte es.

„Gott sei Dank“, bekreuzigte sich die Mutter, „Gott sei Dank.“

„Schwienbacherin, geh und mach ihr was Kräftigendes, Heißes, einen Weinchaudeau vielleicht“, riet die Hebamme.

Die Mutter war froh, eine Aufgabe zu haben. Geschäftig klapperte sie in der Küche, erhitzte Weißwein, verquirlte Eigelb und den Zucker darin, spendierte auch ein Briefchen Vanillezucker und goss die schäumende Masse in eine geblumte Porzellanschale. Als sie damit in die Stube trat, kam die Roanerin gerade aus der Mädchenkammer und trug ihr aufgeräumtes Gesicht vor sich her, wie eine Statue bei der Prozession. Den erwartungsvollen Gesichtern verkündete die: „Nachbarn, eure Gitsch ist schwanger, das habt ihr wohl gewusst. Ich rechne, in zwei, drei Monaten wird's so weit sein.“

Die Mutter ließ die Schale fallen. Das Getränk spritzte bis unter den Tisch hinein, auf die Schuhe von Vater und Pfarrer, die da im Herrgottswinkel unter den flammenden Herzen von Jesus und Maria saßen. Alle starrten die Roanerin an. Die war sofort im Bilde und sagte schnell und mit einem schadenfrohen Glitzern in den Augen, dass doch jedes Kind eine Freude sei und besonders ein Enkelkind. Sie schaute in die Runde. Offene Münder. Die Uhr schlug die Viertelstunde, machte einen scheppernden Seufzer und tickte weiter.

„Ja das ist doch nicht möglich“, sagten Vater und Mutter schließlich wie aus einem Mund.

„Doch, doch“, bekräftigte die Hebamme, „man kann schön das Herzchen schlagen hören.“

Langsam sickerte das Gesagte in das Bewusstsein des Vaters, bis er entrüstet schrie: „Ein lediges Kind! In meinem Haus!“, schließlich waren der Pfarrer da und die Hebamme, dieses Klatschweib.

„Jetzt wohl, Schwienbacher“, beschwichtigte der Pfarrer, weil er sah, wie im Vater der Zorn überkochte, „da gibt's schon Schlimmeres als ein Kind, und der Herr schickt ja jedem Häschen sein Gräschen.“

Der Vater hörte nicht zu. Er schaute wild herum.

„Die Gitsch gehört mir nimmer“, stieß er schließlich heraus.

Er stand auf. Nahm Hut und Joppe. Ging.

„Hö, nur langsam, Bauer. Zu deinem eigenen Kind kannst du dich schon christlicher verhalten“, rief ihm der Pfarrer nach. Aber der Vater war schon weg.

Die Mutter hatte ein steinernes Gesicht. Es hatte nasse Striemen. Sie trug schwer an dem Brocken, der unter ihrem eigenen Nabel wuchs. Aber ein lediges Kind war das Schlimmste nach dem Tod.

Die Roanerin war in ihrem Element, schaute nach Moidi, machte noch ein paar Empfehlungen und hatte es plötzlich sehr eilig zu gehen.

Der Pfarrer grübelte und wog ab und kriegte darüber ganz feuchte Handflächen, und der römische Kragen zwickte. Schließlich kam er zum Schluss, dass er mit dem alten Hellmann reden müsse. Der mit der Wohnung gleich über dem Bahnhof in der Villa Berta.

„Wie kann uns der denn helfen! Das ist doch ein Jud!“, jammerte die Mutter.

Ja, sein Sohn und die Schwiegertochter in Bozen unten hätten schon lang gern ein Kind gehabt, meinte der Pfarrer, aber es habe nie damit geklappt. Wenn er ein Mädchen wüsste, habe ihm der Hellmann einmal gesagt … Der Sohn habe unter den Lauben ein Stoffgeschäft.

„Was wollen solche Leute denn um Himmels willen mit einem Kind, die sind ja womöglich zu weiß Gott was imstand, da hört man ja allerhand Sachen“, jaulte die Mutter.

„Schwienbacherin“, sagte der Pfarrer streng, „du weißt ja selber nicht, was du da zusammenredest. Der Hellmann ist ein ordentlicher Mensch. Mit dem hab ich schon als junger Kooperator in der Stadt gekartet. Für den bürge ich. Bei den Leuten wäre deine Tochter eine Weile versorgt, und das Junge hätte ein gutes Aufwachsen. Oder willst du lieber, dass sie unter den Zug rennt, wie das Ding vom Untergantioler.“

„Weg muss Moidi schon, da habt ihr ja den Vater gehört“, sagte die Mutter tonlos, „die Schande.“

Sie schaute wirr um sich und setzte sich auf der Ofenbank nieder. In der Kammer schluchzte Moidi. Der Hund leckte den Boden.

# 5

Der alte Hellmann kam schon am nächsten Tag. Der Vater wollte den Herrn, der sich auf der Stiege den Schnee von den Schuhen stampfte, nicht kennen, lüftete seinen Hut nicht, brummte bloß etwas und ging in den Stall. Also fand sich der Herr eben selbst den Weg in die Stube, wo Moidi und die Mutter mit dem Nähkorb saßen und Löcher stopften. Dort stand er auf dem frisch gespülten Bretterboden in seinem Anzug mit Gilet unter dem offenen Mantel da wie einer, der sich verirrt hat. Als Mutter und Tochter sich überrascht erhoben, stellte er sich vor. Während er Handschuhe und Hut in einer Hand hielt, reichte er ihnen die andere. Moidi machte einen Knicks, wie sie es bei den Kindern der Fremden gesehen hatte.

„Wie heißen Sie?“, fragte er das Mädchen.

Moidi war weder vorher jemals gesiezt worden, noch hatte sie je einen Juden gesehen.

„Er schaut eigentlich normal aus“, dachte sie erleichtert, „wie halt die Besseren ausschauen.“

„Ich heiße Maria“, sagte sie und senkte den Blick auf seine Füße.

Die Hosen hatten Stulpen. Darunter die Schuhe mit Gummi-Überzieher-Galoschen, wie sie der Pfarrer hatte, mit Perlen geschmolzenen Schnees. Von nun an würde sie Maria heißen und eine Fremde sein. Diese Erkenntnis breitete sich explosionsartig über dem Kind im Bauch aus und überschwemmte ihr Gesicht mit Tränen und bekleckerte ihr höfliches Lächeln. Ein Kind würde sie haben. Und der Lehrer hatte etwas damit zu tun. Und sie hatte Schande über ihre Familie gebracht. Und der Vater konnte sie nicht mehr anschauen. Obwohl ihre Zöpfe lang bis auf die Waden gingen und nie eine Schere gesehen hatten. Und sie war mit nichts als dem offenen Haar bekleidet vor dem Lehrer gestanden, und er hatte ihr gesagt, wie prächtig sie aussah, wie eine germanische Gottheit. Und jetzt kannte er sie nicht mehr. Aber mit wem konnte sie darüber reden.

Der Herr Hellmann schaute auf die Mutter.

„Mein Sohn und meine Schwiegertochter haben keine Kinder. Die würden das Kleine gern übernehmen."

Die Mutter wickelte ihre Hände in die Schürze, als hätte sie sich am liebsten selber darin eingepackt.

„Vergelt's Gott", murmelte sie.

Der Mann schaute auf Moidi zurück. Er verlangte, dass sie zum Fenster ging und wieder zurück und zur Tür, sie musste sich bücken und recken und immer nickte er anerkennend.

„Ja, sie ist ein starkes, gesundes Mädchen", bestätigte die Mutter, „die macht Ihnen keine Schwierigkeiten."

„Dann komm ich morgen Nachmittag mit dem Schlitten, wenn es recht ist“, sagte der Alte.

Moidi schluchzte.

„Von wem ist das Kind?“, fragte er noch.

Moidi zuckte zusammen und brachte kein Wort über die Lippen. Ihr war, als hätte sie sich in einer Wand verstiegen, konnte nicht vor und nicht zurück, würde für immer dort stecken mit den paar mageren Kräutchen auf dem Felsensims, bis die Kräfte sie verließen und sie fallen würde und irgendwo in der Tiefe zerschellen, und die Raben krächzten über ihren letzten Resten.

Dem Herrn war anzusehen, dass ihm die Situation unangenehm war. Er öffnete die Hände zu einer Geste des Bedauerns und ging mit der Mutter hinaus, um noch das eine und andere zu besprechen. Da konnte Moidi ungestört auf der Ofenbank sitzend ihr Leben betrachten, bis es fertig war und nichts drin und die Zukunft leer wie ein weißes Blatt.

Am nächsten Tag brachte die Mutter nach der Messe den kleinen Koffer vom Dachboden herunter. In ihrem Gesicht hatte der Gram über Nacht scharfe Kanten aufgeworfen. Joss schlurfte über die Diele her. „Da, ein Andenken“, sagte er und musste sich abdrehen, weil ein Hustenanfall ihn durchbeutelte. Dann legte er sein Taschenmesser in den Koffer auf das Taufhemd, das die Mutter vor der Geburt ihres Ältesten bestickt hatte, zur Unterwäsche, zum Gebetsbuch, zum Nähkästchen, zu den paar Werktagsschürzen und Strümpfen. Nachdem er sich ohne Moidi anzusehen den Hut zurechtgerückt hatte, schlurfte er in den Stall zurück.

Die Mutter scheuchte den Michel und den Konrad weg, weil sie zu viele Fragen hatten: wie denn das Poppele in Moidi hineingekommen sei, und warum bekämen es jetzt die Juden, wo die doch keine gute Rasse seien, das habe die Signorina in der Schule gesagt. Und ob das mit der Rasse so sei wie mit den Kühen? Und die Neger in Abessinien hätten auch keine richtige Kultur.

Stasi musste gleich von der Kirche weg zur Tante und dort bis zum Abend bleiben, und der Vater wollte so einer schwangeren Tochter lieber nicht den Abschied geben und war ins Nachbardorf gegangen, um seinen Bruder zu besuchen, was den ganzen Tag in Anspruch nehmen würde.

Und sogar für die Mutter war Moidi Luft, sie ließ sie sitzen und warten auf die neue Zukunft, eine fette Drohne auf der Ofenbank in der Stube. Das Sonntagsgewand drückte ihren Leib zusammen, sodass sie es vorzog, sich nicht zu bewegen. Sie atmete flach. Die Schürze hatte sie sich hoch unter der Brust umgebunden, um die drei offen stehenden Knöpfe zu verdecken. Da saß sie unerträglich schwer mit ihrer Sünde, der Todsünde, die im Katechismus die Seele zerfraß wie ein Krebsgeschwür ein gesundes Organ. Und war ausgesetzt den milden Augen der himmlischen Herrschaften an der Wand mit den offen sezierten Herzen. Harte Lichtbahnen fielen von den Fenstern auf ihre gestiefelten Füße, während die Mutter in der Küche hantierte.

Die Geräusche, die sie dabei produzierte, fielen in das Warten wie Hiebe.

Als der Herr Hellmann schließlich kam, fingerte sich die Mutter noch den Hals ab, bis sie das Goldkettchen mit dem Kreuz in der Hand hielt. Sie streifte den Herrn schnell mit einem schrägen Blick und legte es Moidi um. Dann gab sie ihr die Hand. Moidi wusste nicht, warum sie vor der Mutter einen Knicks machte. Mehr war nicht. Der Mann trug den kleinen Koffer voraus.

Die Luft war eisig und kristallklar. Der Weltraum stürzte sich so blau und mächtig auf das Land, als wollte er es verschlingen, das weiße, gleißende Land. Die Linie des Weges zum Locker hin war eine dunkle Schlangenlinie, und die gemaserte Mauer zwischen Wiese und Kartoffelacker, die grauen Vierecke von Holzhütte und Stadel beim Nachbarn am Waldesrand oben und die senkrechten Riemen der Balkone des Haupthauses ergaben Inseln, auf die sich das geblendete Auge flüchten konnte. Der Wald war weißgrau meliert und strebte mit immer kleiner werdenden Tannenpyramiden dem Himmel zu. Hier und dort hob der Wind an ausgesetzten Stellen etwas Schnee ab und formte kleine Rauchfahnen.

Der Gartenzaun hatte Schneekappen auf. Der Garten selbst war eine Kassettendecke aus höheren Rechtecken und tiefer liegenden Bändern drum herum, der Rittersporn darin nichts als ein weißer Mugel mit Stielen, die winzige Hauben aufhatten. Die Himbeerzeile ein Gewirr aus weißen Bögen. Spatzen kurvten darin herum und staubten den Schnee auf. Moidi dachte an die Schneekönigin, wie sie sich ihr Haar strählte und Diamantensplitter stoben mit jedem Bürstenstrich aus ihren Locken. „Das Funkeln ist dem menschlichen Auge schier unerträglich in seiner Pracht", sagte sie sich vor wie ein Zitat aus einer anderen Welt. Und weil es so unerträglich war, stürzten Tränen aus ihren Augen und erlösten sie von den vertrauten Eindrücken. Als sie ihr Schultertuch gar nicht mehr von den Augen rücken wollte, hielt ihr der alte Herr ein Taschentuch hin: weiß, wie Vaters Sonntagstaschentücher, und zu einem perfekten Quadrat gefaltet.

„Hier, kleines Fräulein", sagte er.

Der Schlitten stand beim Gatter. Das Pferd schnaubte und dampfte. Als sie aufgestiegen waren, kramte der Mann in seiner Manteltasche herum und produzierte schließlich eine weiße Dreieckstüte, rollte den Rand auf und sagte Moidi sanft, wie man mit einem Kranken redet: „Nehmen Sie doch! Ein Bonbon!"

Moidi sah nach umständlichem Schnäuzen und Wischen überrascht, dass es Mogenzuckerlen waren von einem so lebendigen Rosa in dieser schwarzweißen Welt, wie ein pulsierendes Herz. Schnell steckte sie sich ein Würfelchen in den Mund und blinzelte zu dem Alten hoch. Der nickte ihr aufmunternd zu. Und der süße Speichel lief wie Balsam über ihren Gaumen und legte sich als beruhigende Haut um ihre aufgewühlte Seele.

So fuhren Moidi und der Herr Hellmann zum Bahnhof. Und nachdem der Herr dort dem Stocker-Ulrich die

Zügel in die Hand gegeben und für sich und Moidi eine Fahrkarte gelöst hatte, stiegen sie in die Bahn zu den italienischen Touristen, die gut aufgelegt in ihre Hotels in die Stadt zurückkehrten, warm und rotwangig vom Bergerlebnis. Sogar im Winter kamen sie aus den südlicheren Provinzen angeschneit und flanierten auf den Spazierwegen. Hatte nicht sogar der Duce das Hochplateau als ein Juwel der italienischen Bergwelt gepriesen?

Es war bereits finster, als sie in der Stadt am Platz ausstiegen, der für die Einheimischen immer noch der Waltherplatz war, offiziell jedoch anders hieß, seit das Land faschistisch war, nämlich Piazza Vittorio Emanuele III. Die Statue Walthers von der Vogelweide war mitsamt dem Sockel in irgendeine unbedeutende Ecke der Stadt verfrachtet und der Platz dem König umgewidmet worden. Denn wie schaut das aus, wenn in Italien ein deutscher Dichter verehrt wird und man zugeben muss, dass der hier schon vor Hunderten von Jahren auf Deutsch gedichtet hatte und das Land doch nicht so uritalienisch ist, wie man tut, und die Italiener die Kultur nicht allein gepachtet hatten?

Der Herr Hellmann ging mit dem Koffer voraus. Obwohl Moidi kleine Schritte machte und der Gehsteig eingeschottert war, rutschte sie plötzlich aus und fiel hart aufs Kreuz. Der Alte half ihr auf, wies sie an, sich bei ihm einzuhängen. Das tat sie, widerstrebend allerdings, doch die spärlich beleuchteten Gassen waren ihr unheimlich, und die Hinterseite schmerzte. Es gab nicht viel

Verkehr, hier und da ein Auto. Jemand schob ein widerspenstiges Fahrrad durch den Schnee. Vereinzelte Fußgänger hasteten mit eingezogenen Hälsen ihren Zielen zu. Der Wind trieb die Kälte durch Moidis Umhang. Wie sie sich zaghaft in den Windschatten des fremden Mantels drückte, kam ihr ein süß-herber Geruch in die Nase, wie eine Bergwiese im Sommer, und eine kleine Welle von Hoffnung leckte an ihrer Verzweiflung. So schlurften und rutschten die beiden mehr als sie gingen über die Via dei Bottai an mehreren still wartenden Wirtshäusern vorbei zur Piazza Municipio. Dort tauchten sie in die schützenden Lauben ein. Moidi ließ denn auch sofort den Arm ihres Begleiters los, als sie die trockenen Steinplatten unter ihren Füßen spürte. Der Herr steuerte behände auf ein Geschäft zu. „Hellmann Textilien" stand in goldenem Schriftzug auf der halbmondförmigen Milchglasscheibe über der Auslage. Das Schaufenster selber aber war wie mit einem in weißer Farbe getränkten Lappen wolkig gerieben, sodass man nicht durchsehen konnte, und mitten drauf, etwa auf Augenhöhe, stand in krakeliger schwarzer Schreibe: „Henkt die Juden".

Moidi blickte dem Herrn Hellmann bestürzt ins Gesicht. Der schaute nur müde aus. Er blieb kurz stehen und atmete hörbar aus. Der Pinsel war offenbar zu tief eingetaucht worden, denn das H hatte angefangen, in zwei Rinnsalen die Scheibe hinabzulaufen, um dann nach einigen Zentimetern zu erstarren.

Es drang diffuses Licht aus dem Geschäft. Mit ihrem Eintreten lösten sie das Zirpen der Klingel aus. Der Ton wiederholte sich, als sie die Tür schlossen. Niemand da. Der Raum war schmal, schlauchförmig. Die braunen, aber mit Stoffen in allen Farben gefüllten Vierecke der deckenhohen Regale liefen über beide Längswände. Als Moidi auf dem Verkaufstisch neben der Tür einen Adventskranz aus Tannenzweigen und roten Kerzen sah, beschwichtigte sich ihr Gemüt ein bisschen. „Walter“, rief der Alte und ging dem Lichtschein entgegen, der aus einer halboffenen Tür zuhinterst im Geschäft hereindrang. Gleich erschien ein hochgewachsener Mann mit Strickjacke und Krawatte im V-Ausschnitt. Er hatte schütteres dunkles Haar, das er sich mit Brillantine straff nach hinten an den Kopf klebte, und ein mageres Oberlippenbärtchen. Die Augen standen ihm knopfartig unter den dichten Brauen, die sich beim Anblick seines Vaters und des Mädchens freudig wölbten. Er entschuldigte sich wegen dem Eimer in der Hand, den er vor dem Überschwappen zu bewahren versuchte, und streckte Moidi seine Hand hin. In dem Moment drängelte sich eine zierliche Frau mit strengem Knoten im Nacken an ihm vorbei, stellte sich als Frieda Hellmann vor und sagte atemlos: „Sie sind also das Mädchen. So eine Aufregung. Kommen Sie. Bei uns soll's Ihnen an nichts fehlen. Meinen Mann haben Sie ja kennengelernt“, und deutete auf den Langen.

Moidi ließ sich auf einen kleinen Flur hinausschieben und eine enge Treppe hinauf. Im ersten Stock wurde sie durch mehrere offene Türen in eine Stube bugsiert. Dort stand auf einem feinen Teppich ein Paar mittleren Alters und lächelte erwartungsvoll. Ein Junge war auf ein Sofa hingekrümelt und ließ sich nicht vom Lesen ablenken.

„Die Familie Sugar aus Österreich“, sagte Frau Hellmann und deutete mit der Hand durch den Raum.

„Maria Schwienbacher“, stellte sie Moidi vor. Die Leute schienen im Bilde zu sein.

„Ein bisserl eng wird es schon werden“, meinte Frau Hellmann, wie um sich zu entschuldigen, und Herr Sugar setzte schnell hinzu, „aber wir bleiben nicht mehr lang, wir sind nur auf der Durchreise.“

Die Frauen kümmerten sich fürsorglich und neugierig zugleich um die Schwangere. Jemand nahm ihr die Fäustlinge ab, dann das Schultertuch. Als Moidi mit klammen Fingern den Knoten unterm Kinn löste und sich das geblumte Wolltuch vom Kopf zog, rief jemand: „Das schöne Haar!“

Sie zuckte zusammen. Immer dieses Haar. Da stand sie nun feuerrot mit ihrer prächtigen goldenen Krone zwischen den Fremden, versteckte ihre Hände unter der Schürze auf dem hohen Bauch und wusste nicht, wo hinschauen.

„Kommen Sie, setzen Sie sich doch, Maria“, sagte die Hausherrin und half Moidi aus ihrer Verlegenheit. „Sie müssen Hunger haben!“, und werkelte mit Servietten herum und mit Besteck.

„Sie sind sicher auch müde, Vater“, meinte sie zum alten Hellmann.

Jetzt erst gewahrte Moidi, dass der Tisch für zwei gedeckt war. In der dampfenden Schüssel war Frittatensuppe. Nachher wurde ihnen Rindsbraten mit Reis und gesäuerten Rohnen angeboten und zum Abschluss Pfirsichkompott. Wie im Gasthaus, dachte Moidi, aß aber nur wenig. Sie war müde und wie zugeschnürt, während die Leute um sie herum sich angeregt unterhielten und froh waren, als der jüngere Hellmann hereinkam und verkündete, dass das Geschmiere unten auf dem Schaufenster ganz leicht mit warmem Wasser abgegangen sei.

„Erinnert ihr euch, voriges Jahr haben sie fünf von den Unsrigen in Innsbruck umgebracht, uns die Synagoge angeschürt, uns schikaniert und betakelt, wo es nur ging, und weiß Gott wie viele deportiert", sagte der Herr Sugar.

„Aber hier wird's schon so schlimm nicht werden", meinte der jüngere Hellmann.

„Ja, ich weiß nicht", warf der Herr Sugar ein, „ich bin neugierig, wie die Option ausgeht. Ganz sauber sind die Zeiten auch hier nicht."

„Ach, wann waren die Zeiten schon gut für uns", warf der Alte ein, er klang flach, müde. „Schon dem Andreas Hofer haben wir wohl das Geld zustecken dürfen, aber die Häuser und Geschäfte hat er uns doch zugrunde gerichtet … Antisemitenbund, Bauernbund", sagte er mit einer kreisenden Hand, „ja sogar der Reimmichlkalender hat uns für jede Schweinerei verantwortlich gemacht."

„Wir haben angeblich sogar die Habsburger auf dem Gewissen", sagte sein Sohn resigniert.

Man interessierte sich zwischen den eigenen Sorgen auch für Moidi und fragte sie nach der Familie, nach den Geschwistern, wie viel Vieh der Vater im Stall habe, was sie alles könne, kochen vielleicht? Und wie es mit dem Nähen stehe? Und ihre Noten in der Schule? (Ausgezeichnet waren die.) Und was sie einmal werden wolle? Alles versuchte Moidi zu beantworten, so gut sie konnte, etwas irritiert allerdings, hatte man da nicht gerade vorhin Kritik an den heiligen Kühen der Tiroler Identität geübt, wenn das der Vater …, aber die letzte Frage der Herrschaften verwirrte sie genug, um auf andere Gedanken zu kommen: was sie einmal werden wollte? Ja was sollte ein Bauernmädchen denn schon werden? Halt eine Bäuerin, nicht? Aber sie sagte trotzdem, denn es war ihr Traum gewesen, am liebsten würde sie Lehrerin werden, obwohl der Bauer eigentlich ein König sei, so unabhängig, aber jedes Jahr ein Kind wie das Rind, nein.

Sie schien alle Fragen zur größten Zufriedenheit und zum Teil auch zur Erheiterung der Erwachsenen beantwortet zu haben.

Als sie mit dem Essen fertig waren, nahm ihr Frau Hellmann wohlwollend die Teller aus der Hand, die sie in die Küche bringen wollte, und meinte:

„Heute ruhen Sie sich aus, Maria. Legen Sie sich hin. Im Moment wollen wir an das Kind denken und Anstrengungen vermeiden, nicht?“

Obwohl die Frau lächelte, blieben Schatten in ihren Augen hängen. Regentage fielen Moidi ein zu diesen Augen oder Winterblätter, zerfranst und zerschlissen am

Wegrand. Ja, die Frau war wohl lieb, aber irgendwie traurig.

„Schauen Sie, ich erkläre Ihnen noch schnell …“, redete Frau Hellmann in ihre Gedanken und zeigte auf die verschiedenen Türen in der Diele. Da war die Wohnungstür mit dem Guckloch auf der einen Längsseite. Rechts davon war die Stubentür und gegenüber die Küchentür mit dem Musselinglaseinsatz, dessen Muster wie Eisblumen wirkte. Nebenan das Bad. In der Schmalseite des Ganges neben ihnen befand sich die Tür zum Studio, ein Durchgangszimmer allerdings, wo sie, Maria, schlafen würde, und von dort gelangte man ins Ehezimmer. Ein überladener Garderobenständer war links von der Eingangstür und verstellte ein Kästchen mit einem Spiegel. Gegenüber waren Koffer, Schachteln und Kisten derart aufeinander gestapelt, dass sie die halbe Türöffnung des Gästezimmers und einen Schrank aus poliertem dunklem Holz an der Schmalseite des Gangs verbauten. Moidi nickte. Das waren Leute im Aufbruch, dachte sie sich, von ihrem angestammten Platz verrückt, verschleppt, wie sie selber. Da gehörte sie nun hin.

Sie bedankte sich bei Frau Hellmann für die freundliche Aufnahme mit einem „Vergeltsgott“. Kaum aber war das Wort heraußen, war es ihr auch schon peinlich, weil es nicht herpasste. Sie merkte, wie ihr das Blut ins Gesicht schoss, und sie fühlte sich plump und unbehauen wie ein Holzblock. Hastig knickste sie und flüchtete sich in ihr Zimmer. Dort brach sie innerlich zusammen, konnte sich zuerst nicht rühren, so fremd, so deplatziert und ganz wund war sie.

Der Raum sah aus wie das Zimmer eines Bürgermeisters: dieser hochflorige Teppich in gedeckten Farben, an der Wand ein schneeweiß aufgebettetes Lager – Damastrosetten mit dem teuren Schimmer von Perlmutt. Darüber die Landschaft: rauschende Bäume, Berge im Dunst und ganz vorne am Weg ein ruhender Wanderer und hatte noch alles vor sich. Ein Schreibtisch und ein Regal voller Bücher waren dem Bett gegenüber, und neben dem Fenster stand ein Ledersessel, auf dem eine gehäkelte Wolldecke lag. Es war eben diese handgearbeitete, bunte Decke, die Moidi mit ihrer derben, warmen Normalität wieder zu sich brachte. Das Erste, was sie sah, als sie sich wieder besann, war ihr Spiegelbild in der schwarzen Fensterscheibe. Und schaute. Schließlich zog sie langsam die Nadeln aus dem Haarkranz und löste ihre Zöpfe aus der Verwindung. Dann holte sie aus dem Nähkästchen im Koffer die Zuschneideschere, die ihr die Base zur Aussteuer gegeben hatte, und trennte sich mit zwei schnellen Schnitten die Zöpfe auf Kinnhöhe ab. Mit etwas Mühe machte sie das Fenster auf – die Flügel waren angefroren – und warf Nadeln und Haar in die Dunkelheit. Jetzt erst merkte sie, wie ihre Beine zitterten. Sie stolperte zum Bett und verstopfte sich mit dem Polster den Mund, damit man das hervorbrechende Elend nicht hören würde.

# 6

Der Herr und die Frau fanden, als sie sich zur Ruhe begeben wollten, das noch hell erleuchtete, aber bei offenem Fenster eiskalte Studio vor mit dem noch voll angezogenen, aber schlafenden Mädchen auf dem Bett. Als sie es zudeckten, bemerkten sie mit Befremden das gekürzte Haar.

Am nächsten Morgen waren sich Frau Hellmann und Frau Sugar einig, dass Moidi die kurzen Haare nicht schlecht stünden, man solle sie aber von einem Friseur nachschneiden lassen. Gemeinsam gingen sie in den Hof hinunter und sammelten Zöpfe und Haarnadeln ein. Moidi war blass im Gesicht und still und wie hinein in den schwangeren Bauch gekehrt, aber eifrig darauf bedacht, den Frauen jede Arbeit abzunehmen. Ihre merkwürdige Tat begründete sie damit, dass das lange Haar nicht mehr zu ihr passte.

Nachmittags gingen sie über den Obstmarkt, wo es vor Leuten wurlte, Moidi mit dem geblümten Tuch um den Kopf und immer leicht hinter den Damen. Wenn mich nur niemand erkennt, hoffte sie und heftete ihren

Blick auf den Boden. Die Museumstraße war voller kleiner schwarzer Lacken von Schmelzwasser, die verfolgten sie mit wimpernlosen Augen bis über die Talferbrücke. Die Talfer selber war ein kleines Rinnsal in dem breiten Bett. Vor dem torartigen Siegesdenkmal war die Ehrenwache damit beschäftigt, den Frauen nachzupfeifen, während die geflügelte Siegesgöttin ihre Pfeile in Richtung Norden abschoss, nackt und stark in der kristallenen Luft. Jenseits des Monuments im neuen italienischen Stadtteil fühlte sich Moidi langsam sicherer. Vor der Kaserne stand ein Grüppchen von Soldaten, die produzierten sich vor den Signorine – alles was Röcke anhatte, schien denen unter diese Kategorie zu fallen –, indem sie Schneebälle gegen einen Baum am Flussufer zeckten, und jeder wollte besser sein.

Der Friseur, den sie anpeilten, hatte sein Geschäft in den neuen Galerien Richtung Gries. Der Italiener zahlte Moidi gutes Geld für die Zöpfe und die Nadeln aus Horn und verpasste ihr einen stufigen Haarschnitt, so, damit käme ihre Naturwelle besser zur Geltung. Die Damen kommentierten das Resultat mit maunzenden Lauten der Anerkennung. „Fehlt nur noch, dass sie mir das Fell kraulen“, dachte Moidi etwas befremdet, freute sich dann aber, als ihr die Damen zur Feier des Tages, wie sie sagten, eine mit Glitzersteinen besetzte Haarspange aufdrängten.

In den nächsten Tagen verbat sich Moidi das Erinnern, das immer wieder über sie herfiel wie ein ausgehungerter Hund, indem sie versuchte, sich nützlich zu machen, denn das beanspruchte ihre volle Konzentration. Mit den Verwandten im Haus war für sechs Leute zu kochen, sich selbst eingerechnet. Freilich bestand Moidis Kochrepertoire nur aus einigen einfacheren Rezepten: Schmarren mit oder ohne Äpfel. Krautomeletten. Geschmalzter Plenten mit Sardinen. Schwarzer Plenten mit Zwetschgenmus. Erdäpfel und Käse. Mus mit Boxelemehl. Immerhin auch Knödel. Wenn sie mit dem Kochen fertig war, machte sie sich mit akribischer Genauigkeit ans Putzen. Nach der Hausarbeit half sie dem jungen Sugar bei den Aufgaben, die sein gestrenger Papa von ihm verlangte, oder machte Botengänge, z. B. um bei einem Kunden ein Päckchen abzugeben. Die Gänge zum Fischmarkt und zum Fleischer gefielen ihr am wenigsten. Als sie einmal in der Metzgerei in der Mariengasse das Fleisch für Hellmanns verlangte, schaute sie der Metzgermeister von seiner vollen Größe herab an, runzelte die Stirn und sagte: „Noch eine von der Innsbrucker Verwandtschaft, ha?“

Als Moidi aber ganz baff verneinte – schaute sie denn wie eine Jüdin aus? – und sagte, dass sie das Hausmädchen sei, machte der Metzger große Augen: Ja da höre sich doch alles auf! Ob es nicht bis zu ihr durchgedrungen war, dass es verboten sei, für Juden zu arbeiten? Das sollte man melden, rief er der Frau an der Kasse zu, aber wer wolle in diesen Zeiten schon den Behörden einen Gefallen tun.

„Dass eine Unsrige so tief gefallen ist! Ja wo bleibt denn da deine deutsche Ehre, Mädchen“, sagte er tadelnd, „und strafbar machst du dich auch!“

Aber die Frau knurrte ihn nur an: „Lass sie in Ruh, sie ist ja noch ein Kind."

Der Metzger wischte sich seine Hände an der Schürze ab und murmelte irgendetwas in sein dickes Kinn. Moidi aber hatte ein Gefühl, als wäre sie in den Magen getreten worden, und wollte sich gleich hier an Ort und Stelle übergeben. Mit würgendem Hals nahm sie das Fleischpaket und schwankte hinaus.

Auch dieser Vorfall konnte sie nicht von dem Anliegen abbringen, Herrn und Frau Hellmann ihre Mildtätigkeit zurückzuzahlen. Sie wollte bei niemandem in der Schuld stehen müssen. Nach dem Motto „eine Hand wäscht die andere" würden die Hellmanns ihr das Kind abnehmen und somit auch ein bisschen von der Schande, und sie würde bei ihnen arbeiten wie eine Bedienstete, solange sie gebraucht würde.

Die österreichische Verwandtschaft reiste tatsächlich bald ab und entwirrte die Wohnung, indem sie Koffer und Speditionsgut mitnahm. Über Triest nach Palästina hieß es, wenn's auch der Engländer nicht gern sah. Es ging Moidi nicht ins Gehirn, dass jemand so weit weg von zu Hause ein neues Leben anfangen wollte. Sollte es wahr sein, dass Juden in Österreich tatsächlich nicht mehr sicher waren? Dieser Hitler musste ein Teufel sein. Bald wäre es hier auch so weit, hatten die Sugarischen gewettet. „Judenrein, das ist fein", heiße es doch überall, wo deutsch gesprochen werde.

Im Oktober waren die antijüdischen Rassengesetze auch in Italien bekannt gegeben worden, und der Herr Hellmann hatte seine Mitgliedschaft in der faschistischen Partei, von der er sich einen gewissen Schutz erhofft hatte, verloren. Aber noch und so kurz vor den Feiertagen hatten sie im Geschäft Hochbetrieb. Trotzdem nahm sich der Herr einen Nachmittag frei und fuhr mit einer Tasche voll Kerzenleuchtern, Besteck und anderem Zeug, von dem sich seine Frau nur mit Weinkrämpfen trennen konnte, nach Brixen. Laut Annonce im *Volksboten* kaufte der Goldschmied dort altes Gold, auch Zahngold, altes Silber, Münzen etc. zu besten Preisen.

Am Heiligen Abend sperrten Hellmanns ihr Geschäft zu Mittag zu. Den ganzen Nachmittag lang half Moidi noch beim Umstapeln und Putzen. Zum Schluss wusch sie den Boden: von einer kleinen Seifenlaugenlacke aus die Dielen mit der Bürste bearbeiten, das dreckige Wasser mit der Bodenhuder aufnehmen, sie im Eimer durchschwänzen, gut auswringen, wischen, bis das Holz wieder blond war.

Als sie sich am Ende aufrichten wollte, wurde sie von einem plötzlichen stechenden Schmerz im Lendenbereich wieder zu Boden gerissen. Zugleich stieß das Kind ihr in die Rippen und ins Bewusstsein und brachte Feuer und Qualm in die Lungen, und sie erstickte fast, hatte jedoch keine Kraft zum Weinen.

Wer weiß, wie lang sie am Boden gesessen hatte, nach Luft schnappend gegen die Schürzenstoffe gelehnt, eine Palette von deftig geblumtem, gestreiftem, kariertem, farblich abgestimmtem Tuch. Aber die Frau fand sie, als sie von einem Gang heimkam, und erschrak und rannte um den Herrn und überschüttete ihn mit Vorwürfen.

Die beiden führten Moidi hinauf ins Wohnzimmer. So gut tat ihr die Berührung, dass ihr nun doch die Tränen kamen, so wie ein Gewitter im Sommer, mit heftigen Windböen und Donnerschlägen, denn es ging ihr auf, wo sie war und warum. Aber bevor die Misere so richtig über ihr zusammenschlagen konnte, gelang der Frau ein Ablenkungsmanöver, indem sie zum Erker deutete: „Heute ist doch Heiliger Abend, Maria. Schauen Sie, schauen Sie, was wir für Sie gerichtet haben! Schauen Sie auf den Tisch!"

Moidi tat ihnen den Gefallen und wandte sich um. Ein Christbäumchen, wo sonst immer der siebenarmige Leuchter war? Überrascht ließ sie sich von dem honigsüßen Licht einspinnen wie in einen Kokon und saß bald darin geschützt und besänftigt: Was ein Einweckglas mit einigen Tannenzweigen, Christbaumkerzen und silbernem Lametta ausrichten kann! Und fand das Schluchzen, das durch ihren Oberkörper ging, auf eine wohltuende Weise eingegrenzt von den scheuen Händen der Geschäftsleute.

„Maria, schauen Sie bloß! Liegt da nicht etwas unter dem Bäumchen!"

Da tupfte sich Moidi die Augen tapfer ab und siehe da, drei Päckchen.

„Für mich?", fragte sie überflüssigerweise.

„Ja doch", sagte die Frau, sich verlegen einige Härchen an der Schläfe glatt streichend, „für Sie und auch für das Kind."

Das Geschenk in weißem Seidenpapier und zusammengehalten von einem roten Samtband stach ihr am meisten ins Auge, war es nicht nur ein perfektes Viereck, sondern auch glatt wie Sahne, und das Band üppig, wie Blut im Schnee, wenn der Vater das Neujahrsschwein schlachtete. Sie zog das Band langsam auf, um diesen Gedanken verstreichen zu lassen, löste das Papier vorsichtig ab und hatte eine weiße Schachtel in der Hand. Die machte sie auf und fand eine hellgelbe Babygarnitur bestehend aus einem Jäckchen, einem Mützchen und einem Strampelhöschen.

Nun passierte es, dass das Kind plötzlich vor ihr Form annahm, ja sie sich sogar ein wenig über ihren Bauch freute. Oder war es nur ein kleiner Trotz, der sich in ihre Brust stahl? Die zu Hause sollten nur glotzen, wenn sie das schöne Kind zu Gesicht kriegten, so in Samt und Seide. Der war wie ein Sonnenstrahl, der in eine dunkle Kellerecke fiel, der kleine Trotz. Ein Lächeln ging über Moidi und machte den Herrn und die Frau umso eifriger auf die übrigen Geschenke zeigen. Das eine entpuppte sich als ein schöner, runder Zelten, der Rand verziert mit einem Kranz von Mandeln und Pignoli und in der Mitte eine halbe kandierte Kirsche, die leuchtete, wie ein Zeichen der Versöhnung.

„Den schickt Ihre Base Elsa", sagte die Frau, ja die hatte richtigen Spaß an dem christlichen Brauch.

Das dritte Paket war von der Mutter. Moidi wusste es sofort, wie sie das leicht zerknitterte Geschenkspapier sah. Letzte Weihnachten hatte eine noch ganz – wie ihr jetzt schien – vom Leben unbeleckte Moidi es selber ausgestreift und fein säuberlich gefaltet für das nächste Jahr: Auf weißem Hintergrund goldene Engel zwischen goldenen Sternen. Als sie das Papier auseinanderzog, machte sich, unterlegt von einer leicht muffigen Note, Lavendel breit, als ob sie den Kopf in Mutters Schubladenkommode gesteckt hätte. Da war ein bäuerisches Seidentuch mit handgeknüpften Fransen, naturweiß mit roten Alpenrosen und blauem Enzian in einem Gewirr von grünen Ranken, die schlangen sich um das Mädchen, drückten ihm die Luft ab, versuchten es an den Berg zu fesseln, Ort ihrer Vertreibung. Nein nein, sie will das Tuch nicht und es kam ihr ohnehin fehl am Platz vor, hier in der Stadt und mit kurzem Haar.

Aber Frau Hellmann ließ ihr keine Zeit zum Sinnieren, machte sie die Kerzen ausblasen und führte sie ins Ehezimmer.

Dort auf dem Bett den Mantel, sagte sie, in den passe sie schon lange nicht mehr rein, den schenke sie ihr, und auch die Pelzhaube. Und die Lederhandschuhe hätten sie für ihren Schützling dazugekauft, um die Ausstattung zu komplettieren. Moidi war nun doch sehr aufgeregt, aber stumm und machte große Augen und musste sich schnell einkleiden. So schick mit dem vornehmen Fell auf dem Kopf schaute sie sich aus dem Spiegel entgegen, und ohne verschobene Hälften und blinde Flecken sah sie den Hunger nach Welt in ihren Augen und genierte sich ein bisschen und bedankte sich dann mit rotem Gesicht und knickste sogar und war einen Moment lang gar nicht so unfroh.

In ihrem neuen Aufzug schleppte sich Moidi am Christtag Richtung Pfarrkirche. Ein düsterer Tag, aber sie glühte, die Kirche, in ihrem hell- und dunkelrosa Naturstein, ein bisschen wie das Morgenrot. Sogar die Porphyrlöwen am Eingang schienen freundlich mit ihren pupillenlosen Augen. Die städtischen Kirchgänger, so stellte Moidi erleichtert fest, waren genauso blickleer und beachteten sie nicht. Der Pfarrer näselte in seiner Predigt etwas vom Leben, das eine Reise sei.

„Was für Gepäck nimmst du mit?“, fragte er die Gemeinde.

„Das Reisekleid der heilig machenden Gnade! Und auch die guten Werke! Alles andere musst du zurücklassen“, gab er sich und den Andächtigen gleich danach die Antwort.

Aber Moidi gefiel der neue Mantel. Den wollte sie nicht mehr weglassen. Obwohl sie ihn über dem Bauch nicht zusammenbrachte. Er wärmte viel besser als das Umhängetuch, fand sie. Oder war der Geistliche da oben auf der Kanzel mit seinem Gerede gar erpicht darauf, die Optanten aufzumuntern, sich nicht um das Zurückgelassene zu grämen?

Sie kniete links vom Eingang auf der Frauenseite ganz hinten. Am Stamm des großen Kreuzes neben ihr an der Mauer hingen in dichten Trauben goldene und silberne Herzen als symbolisierte Bitten an das gütigste Herz Jesu. Sie waren von aufwendigen Spitzenmanschetten aus demselben Metall umschlossen, manche sogar auf Samt gebettet und golden eingerahmt. Unter dem Kreuz war ein Relief mit fünf Unglücklichen in den lodernden Flammen des Fegefeuers angebracht. Die größte und stärkste Figur, eine junge Frau mit losem Haar, stand in der Mitte des Brandes ganz ohne sich zu fürchten und, obschon nackt, genierte sich auch nicht sonderlich, sondern blickte schräg nach oben zur Orgelempore hin, die Hände vor die Brust gehoben, als fragte sie, was das solle, das sei doch kein Zustand. Die Frau gefiel Moidi. Aber das mit dem Reisekleid der heilig machenden Gnade war doch nur ein Stuss.

Am Stefanstag probierte Moidi die Franziskanerkirche aus und hörte sich einen Pater an, der seine Landsleute, Brüder und Schwestern in Christus, anflehte, doch noch für das Dableiben in der Heimat zu optieren. Einer von den verhetzten Geistlichen, hätte der Lehrer gesagt. Ja, der hatte nur den Bischof gelobt. Der war anscheinend mit ihm auf derselben Wellenlänge. Und den Vater hatte er ein verworrenes Schaf geheißen. Das hatte Moidi weh getan. Das war im Herbst gewesen, als er ihr schon aus dem Weg gegangen war.

# 7

Die Herrschaften fuhren am Wochenende öfters mal mit dem Zug nach Meran, um den kränkelnden Eltern der Frau eine Freude zu machen. Maria könne tun, was sie wolle, ihre Familie besuchen oder nicht, da würden sie ihr nichts dreinreden, und ließen ihr für alle Fälle ein paar Lire auf dem Küchentisch.

Einmal kam der Pfarrer mit dem alten Hellmann zu Besuch und überbrachte Moidi Grüße von daheim. Vom Vater auch, hätte Moidi fast gefragt, ließ aber doch davon ab, weil ihr seine letzten Worte immer noch wie Messer ins Herz stachen. „Gitsch, komm mir nicht mehr unter die Augen", hatte er sie angeknurrt. Schnell würgte sie den Gedanken an den Vater hinunter.

Dann und wann nach dem Schutzengelgebet vor dem Einschlafen höhnte sie allen Autoritäten zum Trotz und im Hinblick auf ihren hohen Bauch „DenduoJungfrauvomHeiligenGeistempfangenhast". Denn wie hatte die das bloß bewerkstelligt, diese Namensheilige? Dort endete die als Gottesmutter und gekrönt und auf Wolken und Altären und hier die irdische Moidi weggestoßen von Familie und Dorf. Der ketzerische Gedanke vom Messen mit zweierlei Maß köchelte in dem Mädchen und milderte sein Heimweh um einige Grade.

Hellmann Textilien blieben nach Weihnachten geschlossen, und seit das Ergebnis der Option am 31. Dezember vorlag, hatten die Besitzer auch nicht vor, das Geschäft so bald wieder aufzumachen: Sechsundachtzig Prozent der Südtiroler hatten die deutsche Staatsbürgerschaft und die sogenannte Heimkehr ins großdeutsche Reich gewählt, wenn auch zum Großteil vielleicht deshalb, weil sie glaubten, den faschistischen Repressalien damit zu entrinnen.

Am ersten Jänner war Moidi eifrig bedacht, ihren Gönnern gleich in der Früh ein gutes neues Jahr zu wünschen, wie es in ihrem Dorf der Brauch war, und weil die ihr so warmherzig die Hand schüttelten, stellte sie ihre bestiefelten Füße nebeneinander auf den Teppich der Stube, streckte ihre üppige Gestalt und begann den Spruch, mit dem sie und ihre Geschwister die Eltern in der Kammer am ersten Tag des Jahres aufzuwecken pflegten:

*Wünsch a glückseliges neues Jahr,*
*'s Christkindl im krausen Haar,*
*Gsundheit und langs Lebn,*
*Wird euch Gott, der Allmächtige gebn.*
*Was i enk no wünsch dazu:*
*An goldnen Tisch,*
*In an jedn Eck a Glasl Wein,*
*Da schenkn die Heilign Drei König ein,*

*Und an goldnen Wagn,*
*Da können der Herr und die Frau in Himmel fahren.*
*Nur eins tat i mir ausbittn,*
*Dass mi der Herr und die Frau lassn hintn aufsitzen.*

Die Städter fanden den Glückwunsch höchst amüsant und sogar leicht exotisch und belohnten Moidi, indem sie ihr auf den Rücken klopften und meinten, dass es wohl seine Sache habe mit dem hinten Aufsitzen, gut, dass das Gespräch darauf komme, denn man sei sich jetzt im Klaren, dass sich die Lage für ihresgleichen ins Schlechtere verkehre. Maria habe doch vor ein paar Wochen die Schmiererei unten auf dem Schaufenster gesehen und vermutlich auch das eine oder andere gehört oder gelesen, eine aufgeweckte Person, wie sie sei. Ja kurzum, man denke daran, das Angebot von Vetter Jakob aus Amerika, genauer aus New York, anzunehmen. Jakob habe seit sieben Jahren dort ein Geschäft, stehe sich anscheinend sehr gut und habe sie schon lange beschworen, doch um Himmels willen zu kommen.

„Horchen Sie, Maria, heim können Sie nicht mehr, kommen Sie doch mit uns", sagte der Herr.

Moidi fiel aus allen Wolken, ihr blieb die Spucke weg, der Kopf war leer gebohnert, absolut leer. Wusste nicht, was sagen. Fand keinen Anhaltspunkt, als sie verwirrt die Wände anschaute mit den schwarzweißen Leuten in den Vierecken und der Landschaft über dem Sofa. Und die geheimnisvollen Windungen der Muster im Perserteppich wiesen ihr auch nicht den Weg. Und der Tag kam nur schmal und engbrüstig durch die Erkerfenster. Daher zuckte sie hilflos mit den Achseln und wusste nicht was. Nämlich: so weit hatte sie noch nie denken müssen. Amerika! Das befand sich jenseits ihrer Vorstellung. Sie suchte in den bernsteinfarbenen Augen der Frau und fand einen moosfarbenen Rettungsring um die Pupillen, und der Mann guckte so voller Hoffnung wie ein wartender Hund. Es war Mittag, die Glocken läuteten, die Wanduhr schlug, die Katze strich die vorhandenen Beine ab, das Kind strampelte im Bauch. Nun, einen anderen Ausweg gebe es nicht. Sie habe es ja selber gelesen auf der Tür zum Laden am Kornplatz: Kein Zutritt für Hunde und Juden. Man sei hier nicht mehr besser aufgehoben als in Deutschland oder Österreich. Moidi zuckte wieder mit den Achseln. Die Frau wühlte nun in der Kredenz und zog Mappen und Hefte aus einer Schublade. Ihre Bewegungen waren fahrig. Als sie sich umdrehte, waren gläserne Tränenspuren auf den Wangen. Da sagte Moidi laut und deutlich: „Ja. Gut.“ Denn plötzlich war ihr klar, dass sie auch leben wollte.

Vierzehn Tage nach der Erscheinung des Herrn war auch Herr Hellmann nach mehrtägiger Abwesenheit wieder erschienen – mit all den nötigen und gültigen, wie er betonte, Papieren für die Ausreise. Dank sei Gott für die drahtlose Kommunikation.

Nun lief das Leben dreimal so schnell ab. Die Reise sollte bereits Ende des Monats angetreten werden, da musste geputzt und aussortiert, verräumt und verwahrt, veräußert und gekauft, gepackt und besucht und gejammert und geflucht werden. Und das alles ohne großes Aufheben, denn man wollte nicht auf sich aufmerksam machen und womöglich Schwierigkeiten bekommen, man ließ höchstens den üblichen kleinen Urlaub am Gardasee vermuten. Auf dem Geschäft stand „Wegen Ferien geschlossen". Und jeden Abend horchte man an Moidis Bauch. Der gehörte zur neuen Zukunft dazu.

Und BBC London, der Feindsender. Man sah förmlich, wie der Herr seine Ohren aufsperrte, dabei wurden seine Augen kleine Spalten, so musste er sich konzentrieren, die Wörter aus dem Rumpeln und Rauschen zu filtern. Er schien wohl auch seine Probleme mit der Sprache zu haben. Manchmal fuhr er den Senderbalken über die Städtenamen, Kaloundborg, Reykjavik, Beograd, Sankt Petersburg, Hilversum, Moskau, Prag … und zerhackte Musik und Sprache zu Bllurllb, täät, gulbll, ööt, ärrsss … Dann blieb er stehen und jemand redete wie aus einem Trichter und darauf erklang flotte Marschmusik. Das regte die Herrschaften auf. Der Herr warf sich dann schon mal den Mantel über und ging ausrauchen, wie er es nannte.

Der Vater zu Hause hatte sich leider gegen ein Radio am Hof gesperrt. Wenn das Radio hereinkommt, geht der Rosenkranz hinaus, war sein Argument gewesen. Tja der Vater mit seinen Regeln. Wollte nichts weniger als die Welt aufhalten.

„Mich stoppt er nicht, verdammt", sagte sich Moidi, „verdammt, ich gehe nach Amerika!" und merkte, dass ihr das Fluchen leicht gelang. Und ohne dass der Blitz einschlug.

Als sie ganz nahe ans Radio rückte, spürte sie die Wärme und sog den trockenen, staubigen Geruch ein wie die Ahnung von einer anderen Welt. Aus dem Radiorücken fielen Punkte an die Wand. Das Fenster vorn am Radio leuchtete grünlich. Die Frau wünschte sich was Klassisches und Moidi durfte am Senderrad drehen. Und strickte an den Socken weiter. Das konnte sie gut und schnell. Für das Spinnen war sie ihrer Mutter immer zu schusslig gewesen und hatte nur mindere Knäuel produziert. Aber sie hätte sich gern im Sticken vervollkommnet, wie es ihr an ruhigen Sonntagnachmittagen Frau Pichler, eine Witwe, die im Zuhäusl wohnte, gezeigt hatte. Sie hatte aber der Mutter mit Blüten- und Rankenbildern nicht imponieren können, denn einen Fetzen ausnähen, wie es die Mutter nannte, das war in deren Denken ein unnützer Zeitvertreib, der den Reichen zustand, die nichts Besseres zu tun hatten. Leider, was man gerne machte, war daheim nie gern gesehen, das roch zu sehr nach Müßiggang, und der war aller Laster Anfang.

Schließlich war der Tag der Abreise da und schaute aus wie jeder andere auch. Auf der Straße trug man das Brot heim oder den Schulranzen in die Schule, oder ein neues Möbelstück passte kaum durch eine Tür, oder man schüttelte die Federbetten aus einem Fenster im dritten Stock oder kehrte den Gehsteig sauber oder fütterte die Tauben. Nur das Ehepaar Hellmann und Moidi bewegten sich wie in Trance, denn sie trugen die Ferne in ihren Gedanken, wie eine große trübe Blase. Der Herr mit zwei großen Koffern. Die Frau mit einer großen Tasche. Papiere, Fahrkarten, alles da. Einige Fleischkonservendosen Marke Simmenthal, Käse und Brot und hart gekochte Eier. Der alte Hellmann ging mit zum Bahnhof. Er bestand darauf, Moidis Köfferchen zu tragen. Wenigstens sich nützlich machen, wenn er schon selber nicht mitkam. Er sei zu alt zu reisen, hatte er seinem Sohn und seiner Schwiegertochter in den letzten Wochen unzählige Male beteuert und wiederholte sich nun wieder, vielleicht auch, um sich selbst zu beschwichtigen, einfach zu alt. Er höre und sehe nicht mehr gut, von dieser Müdigkeit gar nicht zu reden. Ihm könne man eine Abwanderung nicht mehr zumuten. Und jemand müsse die Stellung halten und auf die Wohnung schauen und das eine und andere nachschicken. Nicht? Na, es werde ihm schon nichts passieren, keine Sorge. Wer weiß, in einem Jährchen oder so wehe der Wind vielleicht schon wieder ganz anders und sie könnten alle ans Zurückkommen denken. Doch wie er sah, dass er mit seinem Gerede keine Kerbe in Frau Hellmanns Verzweiflung schlagen konnte, sagte er und brachte in der Folge doch ein schmales Lächeln in ihre Tränenflut: „Kopf hoch, Frieda. Ich werde ganz gewiss mit deinen Eltern in Kontakt bleiben. Bald ist das Kind da, stell dir vor, dein Kind! Du wirst Mutter! Wer hätte das noch gedacht."

Die Schwienbacher-Eltern ließen grüßen, teilte er Moidi noch mit, wie er ihr zum Abschied die Hand gab, dort unter dem dicken, blinden Himmel des Bahnhofs.

„Danke", sagte Moidi, „ich werde ihnen schreiben."

Sie machte ihren vermaledeiten Knicks und hielt sich den Bauch, und obwohl voll der Gnade, fühlte sie sich doch ausgesprochen leer.

Moidi fuhr zum ersten Mal fort.

Unterlegt vom gemächlichen Rhythmus der Weichen und Schwellen rauschte die alltägliche Landschaft als eine schier unfasslich süße Melodie am Fenster vorbei, mit den sanften Schwüngen und Kuppen und struppigen Weingärten und Obstwiesen, in denen geduldig die Häuser kauerten. Auf der Höhe des Sigmundskroner Schlosses kam jedoch ein härterer und fordernder Takt auf, die Musik wurde schrill und verzerrt, und nach einer Weile traten an Stelle des Vertrauten sonderbare, nicht geläufige Felsrücken, die wie riesige Tiere zu beiden Seiten des Tales schliefen, manchmal weißlich, manchmal gelblich beige, und breite Steinlammern lagen wie Erbrochenes um ihre Klauen. Später waren es ockerfarbene Dörfer, die Trauben gleich um Kirchtürme hingen, und dunkelgrüne Säulen von Zypressen in den braunen Terrassen, aber Moidi fühlte sich bereits zum Heulen elend, weil alles um sie herum so fremd war, ohne Bezug zu ihrem Leben.

Sie kam nicht umhin, sich an den Tag im Mai 1938 zu erinnern, an dem sie, der Vater und Michel für die Insassen eines ganz bestimmten Zugs Teil einer vorbeijagenden Landschaft gewesen waren. Sie waren über den Berg nach Atzwang, das jetzt Campodazzo hieß, abgestiegen. Dort hatten sie mit einem Haufen anderer Leute und der Musikkapelle auf den Hitlerzug gewartet, um dem Führer zu zeigen, wie sehr man hier auf ihn baute. Auch die Spruchbänder in den Felsenwänden der Talschlucht, auf deren Sohle die Bahn verlief, sollten ihm verdeutlichen, wie sehnlich das Land eine Befreiung von den Italienern wünschte. Der Zug war dann auch pünktlich vorbeigefahren, aber Hitler hatte die Vorhänge zugezogen und sich nicht geschert. Und wollte sich nicht anschauen, was er an Mussolini verkauft hatte bei den Verhandlungen unten im Stiefel.

Als sie in Genua ankamen, war es bereits Nacht. Sie stiegen in der Stazione Brignole aus. Die Luft war weich wie laue Milch. Es regnete einen unbekümmert plätschernden Regen als wäre schon Frühling. Vor dem Bahnhof wechselten sich büschelige Palmen mit der Straßenbeleuchtung ab. Trotz später Stunde Verkehr. Die Trambahn. Autos. Ein Wagen mit Fässern beladen, den zwei Ochsen zogen. Regenschirme. Wie sie so unter den Arkaden des Bahnhofs standen, bot sich ein Mann an, ihr Gepäck zu transportieren. Es war ein älterer Mensch, dem nasse Haarsträhnen unter der Kappe heraushingen. Als man sich über den Preis geeinigt hatte, lud er die Koffer auf seinen Karren, spannte sich davor und ging voraus.

Das Zimmer, das Herr Hellmann hatte reservieren lassen, war bei einer Frau Barilla in der Via Fieschi Nr. 10. Sie war mürrisch, die Alte im Bademantel, denn man hatte sie aus dem Schlaf geklingelt. Wohl hatte sie auch genug von knausernden Reisenden, denn sie wollte im Voraus bezahlt werden und schickte die Gruppe schließlich die dürftig beleuchtete Treppe hoch in den sechsten Stock.

Dort in einem schmuddeligen Zimmer unterm Dach schliefen die Auswanderer drei Nächte und lungerten fast drei Tage lang herum, immer das Singen und Glucksen des Regens über ihnen. Das Staunen, das Moidi am Bahnhof befallen hatte, ging langsam im Kreuzweh unter. Die Frau machte sie den ganzen Tag auf der Liege ausruhen und bewachte sie mit besorgtem Blick. Die Matratze war in der Mitte, wo der Federeinsatz durchhing, dünn und höckerig. Wer war vor ihr hier gelegen? Es war Moidi fast unmöglich, einen Gedanken zu Ende zu denken, so lähmten sie die Zange des Wartens und die Schwere ihres Körpers, in dessen Flüssigkeit das Kind schwamm. Da es ihr nicht gelang, sich vorzustellen, was für Schicksale das Zimmer vor ihnen beherbergt hatte, suchte sie irgendeinen Hinweis auf ihr eigenes. In die speckig geriebene Wand neben ihrem Lager war ein Herz eingeritzt. Liebe. Hungrig fuhr sie die Umrisse mit dem Finger ab. Als ihr plötzlich die heiligsten Herzen Jesu und Mariä der Südtiroler Wohnlandschaften und Kirchen einfielen, fing sie zu schwitzen an. Sie sprach nicht darüber. Überhaupt hatte sie kaum etwas zu sagen. Auch der Herr und die Frau wurden stündlich schweigsamer. Jeder schien über etwas nachzubrüten. Und zu warten. Sie waren erst am Anfang ihrer Reise und warteten schon auf die Rückkehr.

Einmal stellte Moidi beim Aufwachen von einem kurzen Schlaf erschrocken fest, dass sie geschrien hatte. Ätzender Rauch war aus der untersten Höhle des Bauchs in den Brustkorb gestiegen und hatte sich aus der Kehle gezwängt. Sie war wie ein Riss im Gestein, die Kehle, durch den eine Wahrheit drängte. Moidi zwang sich, den Riss schnell zu stopfen. Und schlüpfte zurück in ihren Dämmerschlaf. Der war wie ein Berg. Dort war Frieden. Betäubung, das was alles, was sie jetzt wollte. Der Lärm der Welt drang nur gedämpft zu ihr vor. Der Berg war aus Eis. Und deshalb sah sie den Herrn und die Frau in grünlichem Licht, schattenhaft und gebrochen, wie sie das aufgewühlte Selbst ihres Schützlings mit den Händen zu glätten versuchten, als wäre es eine durcheinander geratene Stoffbahn in ihrem Geschäft. Meistens starrte sie auf das Herz in der Wand. Daneben war ein Fleck. Er hatte Hörner und Ohren. Camoscia verkaufen sie mir, dachte Moidi dösig. In Amerika gab es riesige Rinderherden, davon war im Volksboten gestanden. Sie konnte sich Amerika einfach nicht vorstellen. Amerika war groß, ungeheuerlich, unglaublich. Der Cousin des Herrn war Geschäftsmann in New York. Ein Unternehmer mit Verbindungen. Er hieß jetzt Jack. Er bürgte für sie alle, hatte für sie eine eidesstattliche Versicherung unterschrieben, Unterkunft und Arbeit versprochen.

„Nehmt nur das Notwendigste für die Reise mit“, hatte er dem Herrn geraten, „in Amerika habt ihr im Nu den üblichen Kram beisammen.“

Das Kind stieß heftig und gab dem Bauch eckige Umrisse.

„Ein aktives Kerlchen“, bemerkte Frau Hellmann stolz.

Moidi ertrug die fremden Finger auf ihrem Leib. Der Herr durfte das Kind auch befühlen und verwendete spitze Finger, als könnte er sich an dem jungen Ding, das Moidi war, verbrennen. Seine Augen waren rund vor Verwunderung. Aber Moidi schaute lieber die Wand an.

Sie hatte keine Lust auf Brot, Dosenfleisch und Käse, aber Frau Hellmann bestand darauf, dass sie wenigstens ein Ei aß.

Einmal schrieben sie Karten. Im kleinen Geschäft an der Straßenecke konnte man keine anderen Ansichtskarten als die mit dem Duce auf der Piazza della Vittoria bekommen: er auf einem Bootskiel aus Steinquadern im Meer der Menschen und Statuen und Fahnen und sah mit gerecktem Kinn auf das Siegesdenkmal hin. Schöne Grüße aus Genua, schrieb Moidi nach Hause, denn das waren weniger als fünf Wörter und daher billig zu verschicken, und sonst gab es nichts zu sagen.

Als Moidi am dritten Tag das Meer sah, erschrak sie. Es war stahlfarben wie der Himmel. Ein riesiges graues und weißes Schiff lag da wie eine Einbildung. Viele kleine Boote sprenkelten den Hafen. Und dahinter und darüber diese unmögliche Leere. Die machte sie benommen, wie ein Schlag auf den Hinterkopf.

Das Schiff war von Lloyd Italiano – Servizio Rapido Genova–New York. Auf dem Deck stehend hielt sich Moidi an der Reling fest und starrte auf das verschwimmende Land zurück: Der bräunliche Bergrücken hinter Genua lehnte sich in den grauen Himmel hinein, denselben Himmel, der weit, ganz weit weg auch ihre Heimat umschloss. Auf den Wellen der Hügel, die aus dem zerhackten Meer herauswuchsen, die hellen Würfel der Gebäude und Kirchen. Sie wischte sich mit dem Handrücken den Rotz von der Nase und sagte dem Kind nichts auf sein Stoßen hin und fuhr in die Ferne.

# 8

Acht Stunden nach ihrer Ankunft in New York wurde das Kind geboren.

Es war bitter kalt gewesen, als sie aus dem Wagen ihres Mentors, des Herrn Jack Hoffer, stiegen. Die Luft war immer noch gleich pampig wie am Hafen und mit Kerosin abgeschmeckt, obwohl man gute zwanzig Minuten durch Häuserzeilen und nichts als Häuserzeilen gefahren war: links und rechts Häuser aus Ziegeln oder grauen und beigen Beton- oder Steinquadern, Häuser mit filigranen Feuertreppen und zylinderförmigen Wasserbehältnissen auf den Dächern, Häuser mit Geschäften in den Erdgeschossen, schrecklich hohe Gebäude mit großbuchstabigen Werbetexten und Bildern an Seitenfassaden, kleinere Gebäude davor geschachtelt und unmöglich breite Straßen.

Der Gehsteig vor der Nummer 96 Barrow Street im Greenwich Village war vereist gewesen. „Vorsicht“, hatte Frau Hellmann bei jedem Schritt gesagt und Moidi am Ellbogen gehalten, und der Herr war um sie herum gewienert wie der Schwienbacher-Vater um eine kalbende Kuh. Den Gedanken an den Vater schüttelte Moidi gleich wieder ab, aber die Kuh blies ihr ihren warmen Atem unter den Mantel hinein und blinkte mit feuchten Augen, sodass es Moidi warm wurde und die Beine entlang rieselte bis in die Schuhe hinab, wo sie doch gerade gedacht hatte, sie könne ihre Zehen vor Kälte nicht mehr spüren. Doch im nächsten Augenblick und mit einem kleinen Aufschrei dämmerte ihr, dass etwas mit ihr geschah, etwas, was außerhalb ihrer Kontrolle lag, und als sie entgeistert an sich hinunterschaute, platzte es aus Frau Hellmann heraus: „Das Wasser!"

Moidi kannte sich nicht aus, ja, da kam Wasser aus ihr heraus, und bekam rote Ohren. Aber die Frau fuchtelte mit den Handschuhen in der Hand herum, drehte sich auf den Absätzen wie ein Dachreiter im Wind, während sie verkündete: „Jetzt geht es los!"

Sie fasste Moidi noch fester am Arm und erklärte: „Maria, es ist das Fruchtwasser. Das Kind kommt!"

Dann: „Eine Hebamme!"

Fünf steile Stufen hinauf zur Haustür. Moidi rang nach Luft. In der Tür stand eine feiste Dame von etwa vierzig Jahren und offenbar des Deutschen nicht mächtig. Sie redete und lachte mit ihrem regelmäßigen Gebiss, Mrs. Hoffer, wie sich herausstellte, und schlug die Hände zusammen, dass der Schmuck an ihren Fingern und Handgelenken aufblitzte. Sie fuhr fort, fast ununterbrochen Wortschwälle und Lacher zu produzieren und drückte einen nach dem anderen an ihren überschwänglichen Busen. Dann hieß es Mary hin und Mary her, bis

Moidi endlich verstand, dass von ihr die Rede war, aber das war nach zehn weiteren beschwerlichen Stufen, als sie endlich den Berg erklommen hatte und ausgezogen in einem über und über mit Rosen bedruckten Bett lag.

Das Zimmer der Baronesse im Volksbotenroman konnte nicht anders gewesen sein als das, in dem sie nun lag. Rosen zierten über einem Rautenmuster verstreut die Wände und verwandelten den Raum in einen Pavillon. Auf dem Parkett lag ein Velourssteppich in üppigem Muster: auf beigem Grund gitterartig ineinander verflochtene Zweige, über denen Rosen waren. Gegenüber dem Bett und der Tür bewegten sich an zwei Fenstern duftig weiße Stores im Gebläse der Heizregister. Zwischen den Fenstern stand eine weißlackierte Kommode mit vier Schubladen, darauf machte sich ein silberner Leuchter mit rosa Kerzen breit und ließ seine Arme im Spiegel dahinter vervielfältigen. Neben dem Bett an der Schmalwand war gerade noch genug Platz für einen Schreibtisch mit einer Leselampe. An der gegenüberliegenden Wand befand sich eine Tür, die sich später als begehbarer Schrank entpuppen würde. Moidi wunderte sich, ob das Zimmer dem jungen Mädchen gehörte, das angestrengt aus dem Silberrahmen auf dem Schreibtisch lächelte.

„Rosa wäre ein schöner Name, nicht?“, meinte sie zu Frau Hellmann.

Eine Frau in Männerkleidung, die die Hebamme war, kam und drückte an Moidis Bauch herum und ging wieder.

„Sänk iu“, bedankte sich Moidi.

Sie hatte einzelne Wörter, die ihr die Hebamme laut und langsam wie einer Schwerhörigen vorgesagt hatte, verstehen können. Da hatten sich die Wörterlisten nun bewährt, die sich die Südtiroler Passagiere auf dem Schiff zusammengeschrieben und gegenseitig abgefragt hatten. „How do you do?", hatten sie gemacht und „Hau i di a" und hatten aufgekratzt ihre ganze angestaute Nervosität und Ängstlichkeit bezüglich des Fremden, Ungewissen aus sich weggekichert. Der Herr hatte schon ganz passabel mit verschiedenen Passagieren und Angestellten des Ozeanliners geradebrecht und sorgte auch jetzt dafür, dass an den Anweisungen der Hebamme nichts zu rätseln übrig blieb.

Moidi war Treppensteigen verschrieben worden, um die Geburt zu beschleunigen. Und wie gehabt, mit der Anstrengung kamen die Wehen und zwangen sie aufs Bett zurück. Frau Hellmann saß am Kopfende bereit, ihr mit einem feuchten Lappen den Schweiß abzuwischen, und erlaubte ihr ab und zu einen Schluck Wasser. Auch Mrs. Hoffer ging ein und aus, legte immer wieder mal die Hand auf Moidis Bauch und verkündete mit fröhlicher Bestimmtheit: „It's o.k. You'll be all right."

Schließlich kamen die Schmerzen in immer heftigeren Schüben. Moidi schraubte ihren Kopf ins Kissen. Hechelte. Wimmerte. Sie sah die Hebamme verzerrt durch den Vorhang von Qual und Angst zwischen ihren Beinen auftauchen, und als sie dachte, jetzt sterbe sie, sagte die: „Push!"

Und so tat Moidi zwischen Rosen und Dornen und ließ sich auspeitschen wegen ihrer Todsünde, da kommandierte die Hebamme wieder: „Push!“

Und Moidi war gehorsam, und ein Orkan von stechenden, hackenden Messern trieb ihr den Lehrer aus dem Leib, die Trägheit, die Hoffart, die Habsucht, den Neid, die Unkeuschheit. Nur weg vom Teufel wollte sie, nur weg, da sagte die Hebamme wieder: „Push!“

Und Moidi spürte, dass sie zerriss zwischen den Beinen. Was da heraus wollte, war viel zu groß und sprengte sie auf und legte ihr kleines Leben auf die Waage.

„Pressen, pressen“, schluchzte Frau Hellmann auf, und Moidi stemmte sich gegen den ungeheuren Druck in ihrem Leib. Jemand schob ihr das Haar aus dem Gesicht, dann war plötzlich Flaute. Die Hebamme sagte in die unverhoffte Pause hinein: „Good girl.“

Dann stand ein dünnes, entrüstetes Quäken im Zimmer.

Das Kind war ein Junge. Die Hebamme schlug ihn in vorgewärmte Tücher ein und gab ihn Frau Hellmann.

„Zev“, flüsterte die und freute sich an seinem kräftigen Schreien, „Zev, das heißt Wolf. So soll er heißen. Wie mein Großvater.“

Herr Hellmann nickte. Ihm war es recht. Die beiden gingen mit dem Kind aus dem Zimmer. Moidi blieb mit ihrem tauben Leib zurück. Die Hebamme drückte auf ihren Bauch und zog und stocherte und knetete. Moidi kam sich wie ein Stück Fleisch beim Metzger vor. Sie wollte sich aufrichten.

„Baby? Baby?“, fragte sie die Hebamme und zeigte ihr die leeren Handflächen. Ihr Gehirn war zerfleddert. Gedanken trieben drin herum wie Schneeflocken auf dem Pfarrplatz. Hatte sie das Kind wirklich ausgetrieben. Ist nun alles wieder gut. Ein Junge. Zev, das heißt Wolf, hatte sie zu hören vermeint. Sie war also geplatzt und da war ein Kind. In Europa hatte sie einen Onkel Wolfgang, Knecht beim Lechner, ein lustiger Kauz und immer betrunken am Zahltag, das war der. Den hießen alle Wolf. Wie sah das Kind aus? Und wenn es wie der Lehrer aussah?

Die Hebamme deckte Moidi zu, denn ein plötzlicher Schüttelfrost klapperte sie durch. Dann sagte sie etwas, was das Wort Baby enthielt, knipste die Deckenlampe aus und ging mit einem Bündel blutiger Tücher weg. Nun war Moidi zum ersten Mal allein in Amerika. Ganz allein mit sich und niemand wohnte mehr in ihr. Sie horchte in sich hinein. Sie war leer. Das war gut. Nicht einmal sie selbst schien anwesend.

Das Bett vibrierte. Nebelhörner. Sirenen. Motorengeräusche. Es musste schon weit nach Mitternacht sein, aber dieser Ort kannte keinen Schlaf. Die Rosenwände schienen zu schwanken. Das Ganglicht warf durch die offene Tür einen Keil. Stimmen wie von weit weg und ein dünnes pulsierendes Quäken.

„Das Kind“, dachte Moidi und war irgendwie zufrieden und konnte sich gehen lassen und verfiel in einen unruhigen Traum, der von einem Schiff mit einer Dreibettkabine handelte und einem Meer, das drumherum in den unpersönlichen Himmel hineinwuchs, und als Moidi genauer hinschaute, waren da Berge von Gebäuden zwischen schnurgeraden Straßen, und Frau Hellmann warf ihr Auge darauf und murmelte immer wieder: „Oh mein Gott, oh mein Gott." Und da sah Moidi sich selber, ganz klein und allein und tief drinnen in einer der Häuserschluchten sitzen und weinen und war verwirrt, als sie zwischen Rosen aufwachte und Frau Hellmann vor ihr stand. Die drückte ihr ein kleines Bündel in den Arm. Ach ja, das Kind, der Junge. Ach ja. Gleich holte sie die Gegenwart wieder an Bord und war aus starken Planken gezimmert und wärmte ihre Seele mit einem milden Licht. Und sie schaute auf das kleine Würmchen, das sie selber zurechtgebrütet hatte, die Ursache für das Zerwürfnis mit ihrer Heimat. Seine Nase hatte wächserne Tüpfchen auf den Flügeln, die Ohren lagen eng am Kopf an. Es hatte den Daumen im Mund und bohrte den Zeigefinger in die Oberlippe. Als ihm Moidi sachte den Finger aus dem Mund zog, suchte es mit seinem Schnäuzchen und suchte und überraschte sie mit seiner entschlossenen Art. Wolfi soll es heißen, warum auch nicht.

Frau Hellmann hatte an dem Baby gleich einen Narren gefressen und trug es dauernd herum. Alle paar Stunden gab sie es Moidi zum Stillen, klopfte ihm dann das Bäuerchen hoch, wickelte, badete es. Sogar in der Nacht stand sie auf, sobald das Kind zu quengeln anfing und gab ihm Moidis Brust und Moidi kam sich manchmal vor wie eine Füttermaschine, aber im Grunde war sie nicht groß geworden mit eigenen Entschlüssen. Entweder der Vater oder die Mutter oder der Herrgott oder die Tradition oder der Lehrer hatten das Denken verhindert.

Nach drei Tagen begann Moidi wieder, das brave Mädchen zu sein, zu dem man sie daheim erzogen hatte, und machte sich im Haushalt nützlich. Mit einer weißen Schürze angetan, wie eine Hotelangestellte, folgte sie Alisa, dem ebenso ausstaffierten Hausmädchen, putzte Silber und Kristall und Gemüse fürs Abendessen, nähte fehlende Knöpfe an und aufgeplatzte Nähte zusammen, staubte ab, bügelte, reinigte Toiletten, machte Betten. Und schließlich, nach fünf Tagen, begleitete sie Alisa sogar auf kleinen Botengängen. Da sah sie Schwarze in verschiedenen Schattierungen von Braun, die taten ganz normal, als ob nichts wäre, und niemand zeigte auf sie. Man redete breit und laut in diesem Land und sagte „excuse me", wenn man jemandem im Vorbeilaufen für einen Sekundenbruchteil die Sicht versperrte. Im Washington Square Park waren dick vermummte Grüppchen von Leuten über kleine Feuer gebeugt und verfrorene Kinder mit rinnenden Nasen sprangen unter die Passanten auf den Gehsteigen und hielten ihnen Konservendosen entgegen, in denen einige Münzen schepperten. Obwohl Moidi mit Befremden auf die notdürftigen Behausungen aus Brettern und Pappkartons zwischen dem Gebüsch deutete, verlangsamte Alisa ihren Schritt um keinen Deut, sagte nur etwas, das Moidi nicht verstand.

Mit der neuen Sprache haderte Moidi jeden Tag aufs Neue, schob sie auf der Zunge herum, verkostete sie, zerkaute sie und spuckte sie unsicher wieder aus. In der Schürzentasche hatte sie ihr Notizheft und den Bleistift immer bei sich.

Das Telefonbuch hatte es ihr angetan, denn sein hauchdünnes Papier erinnerte sie an ihr Missale. Zudem schien der halbe Bergrücken, auf dem sie aufgewachsen war, darin anwesend zu sein. Baumgartner und Unterhofer und Lindner und Walch und Fink und Mair wohnten hier im Wirrwarr dieser Riesenstadt, das war ihr ein Trost, da würde sie sich wohl auch irgendwie einfügen können.

Nach einer Woche, genau am achten Tag nach der Geburt, registrierte Moidi, als sie am Spätmorgen von einem gesunden Schlaf erwachte, Aufregung im Haus. Der Junge wurde gebadet und sauber angezogen, und Frau Hellmann riet Moidi, sich auch nett herzurichten, denn es würde die Brit Milah ausgeführt. Sie müsse sich selber beeilen, es wäre noch viel zu tun. Und schon war sie davongeschwirrt.

Moidi hatte keine Ahnung von nichts, bürstete durch ihr Haar, band sich ihre halbseidene Sonntagsschürze vor den Bauch und ging in die Küche hinunter, wo ihr Mrs. Hoffer zwei alte Leutchen als ihre Eltern vorstellte. Die Frau mit Fuchspelz um den Hals reichte Moidi eine zerknitterte Hand. Moidi knickste brav und begrüßte dann den korpulenten Herrn. Der klopfte ihr leutselig auf die Schultern und redete, als hätte er einen Knödel im Mund.

Frau Hellmann rannte hierhin und dorthin. Mrs. Hoffer wies Moidi mit ausgestrecktem Zeigefinger an, da den Korb mit den Bagels hinzustellen, den Aufschnitt dazu, den Angel Food Kuchen dort, neben die Ananas- und Erdbeerplatte (mitten im Winter!), und zwischen die Leckereien, deren Namen sie nicht kannte, die Sahne in der silbernen Schale. Die Tischdecke war schneeweiß. Die kristallenen Gläser funkelten unter dem elektrischen Kandelaber mit den kerzenartigen Glühbirnen, und der silberne Rand des Porzellangeschirrs leuchtete wie der Hinweis auf eine glänzende Zukunft.

Sobald Moidi den Herrn Hellmann sah, im Anzug und das Baby im Arm, sagte sie ihm, und kam sich ein bisschen dumm vor, sie habe nicht verstanden, was gefeiert werde.

„Das Brit", sagte er, sah sie erstaunt an wegen ihrer Unwissenheit und schaukelte das Kind, „der Moil soll um zehn Uhr da sein, dann kann die Beschneidung beginnen."

Moidi starrte ihn an, und als er sah, wie ihre Augen immer größer wurden, sagte er schnell: „Ach Maria, hat man Ihnen das nicht erklärt? Für meine Frau ist es in diesen Zeiten wichtig, dass der Junge in den Bund Gottes aufgenommen wird. Aber Sie müssen auch verstehen, hier in Amerika ist die Beschneidung bei allen Konfessionen üblich, seien es Christen, Muslime, Juden. Alle männlichen Kinder machen das hier durch. Einfach aus gesundheitlichen Gründen. Wir wollen ja nur das Beste für das Kind, nicht wahr?“

Und weil es geläutet hatte, drehte er der geschockten Moidi den Rücken zu und ging in den Vorraum, um einen schwarz angezogenen Herrn mit Bart und schwarzer Tasche, die der von Doktor Breitenegger zu Hause nicht unähnlich war, hereinzulassen. Aber Moidi rannte mit den Augen einer Wölfin dazwischen, stellte sich quer in die Begrüßung und nahm dem Herrn das Kind weg, einfach so, stieg gleich auf die zweite Stufe der geschwungenen Treppe ins Obergeschoss, um größer als alle zu sein und mehr Gewicht zu haben, und rief dem verdutzten Mister Moil ins Gesicht und dem Herrn Hellmann, der mit ausgestreckten Armen das Kind zurückwollte: „Nein, Sie dürfen dem Kind nichts antun, nein, ich will das nicht. Gehen Sie weg, gehen Sie weg. I don’t want. Go away!“

Und das rief das aufgebrachte Mädchen mit seiner kleinen schrillen Stimme, die das Argumentieren noch nicht gelernt hatte, auch Frau Hellmann zu, und Mrs. Hoffer mit der Kaffeekanne in der Hand, und dem spitzen alten Frauchen im Pelz und ihrem Gatten, die alle herbeigeeilt waren, um nichts von dem Tumult im Vestibül zu versäumen. Dann machte es kehrt, rannte mit dem Kind die Treppe hoch in die Toilette und sperrte sich ein, denn es musste dringend nachdenken. Beschneiden. Ekelhaft. Blut. Schmerzen. Andere Länder, andere Sitten. Sie schüttelte den Kopf. Aber dann entschloss sie sich und knöpfte flugs ihr Mieder auf. Da baumelte das Kreuz der Mutter. Sie hielt es über das Kind und taufte es

„ImNamendesVatersunddesSohnesunddesHeiligenGeistesAmen“ auf den Namen Wolfgang. Für alle Fälle. Damit der Teufel keine Macht über ihn hatte. Das war sie dem Jungen wohl schuldig.

Inzwischen gab es draußen vor der Tür eine Versammlung: Die Frau und der Herr Hellmann, Mrs. und Mister Hoffer redeten alle durcheinander. Die Stimme des Herrn war weich und beruhigend, als sie sich aus dem Geraune löste und selbstständig machte. „Maria“, erklärte er, „das Schmerzzentrum eines Menschen ist so früh noch nicht richtig entwickelt. Das Baby merkt nicht viel und ist dann für sein Leben lang geschützt vor den verschiedensten Infektionskrankheiten. Sie müssen uns vertrauen. Und der Moil kann das besser als ein Arzt im Krankenhaus. In weniger als einer Minute ist das Kind beschnitten, dann können Sie es stillen und Sie werden sehen, das Kind hat nicht zu leiden.“

„Hören Sie, Maria, die Beschneidung ist hier auch bei Katholiken aus medizinisch-hygienischen Gründen üblich“, bettelte die Frau, „vertrauen Sie mir, ich würde niemals zulassen, dass dieses Kind zu Schaden kommt!“

Ja, das war Moidi schon klar. Die Frau würde für Wolfi durchs Feuer gehen.

„Außerdem hänge ich von ihrer Güte ab“, dachte sie. Vorhaut hin oder her, sie sperrte auf.

Die Beschneidung gestaltete sich feierlich und schien den Kleinen tatsächlich nicht lang zu peinigen. Die Atmosphäre war wie die bei einer Taufe, wo alle das Kind bewunderten, in aufgeräumter Stimmung, nur dass die religiöse Zeremonie zu Hause und nicht in einer Kirche stattfand. Und statt der lateinischen Sprüche die hebräischen, aber genauso unverständlich. Allerdings feierte man mit einer dem Mädchen unbekannten Eleganz und Raffinesse. Wie der süße Wein so langsam in sein Blut überging und eine wohlige Wärme sich vom Bauch aus über den Körper auszubreiten begann, löste sich seine Befangenheit, und es fing inmitten des festlichen Funkelns und der rosigwangigen Leute zu lachen an und lachte, grundlos, bis ihm die Tränen übers Gesicht purzelten, denn plötzlich huschte die schlaksige Gestalt des Lehrers über die spiegelnden Flächen der Schälchen und Esswerkzeuge, und der Vater auf dem Heuwagen glitt vorüber und Michel mit seiner Balilla-Uniform und die Mutter in Filzpatschen und bandagierten Beinen. Oh wie war Moidi doch traurig und zugleich auch irgendwie froh und schwindlig und heiß, das Kind, das niedliche Kind hatte sie in eine andere Welt gewirbelt, aber ihr Kopf war noch nicht recht angekommen.

# 9

Während das Neugeborene schlief, saß Frau Hellmann oft mit glasigen Augen herum, abwesend, als schaute sie durch ein Fenster in die Vergangenheit und gerade in den Garten ihrer Eltern hinein, wo sie sich auf der Schaukel ihrer Kindheit von der Mutter anschieben ließ. Manchmal äußerte sie nach einem Laut, der wie Schluchzen klang, dass sie sich Sorgen um ihre Eltern in Meran machte, solche Sorgen. Vielleicht hätten sie nicht so egoistisch sein dürfen, nicht deren Drängen, sich doch die eigene Zukunft zu sichern, nachgeben sollen. Hätte sie nicht vielmehr bei ihnen bleiben müssen oder sie zwingen sollen, auch aus der sich zuspitzenden Lage zu fliehen? Freilich hatten die Eltern auf dem Zurückbleiben bestanden, ja es lautstark als ihr Recht eingefordert, nicht nur aus finanziellen Gründen, sondern auch mit Hinweis auf ihr Alter, nach dem Motto, alte Bäume verpflanze man nicht.

Wenn sich Frau Hellmann jedoch um das Kind kümmern konnte, war sie wie ausgewechselt. Dann waren die steilen Falten auf der Stirn weggebügelt und ihre Hände glücklich und entschlossen.

Herr Hellmann und sein Vetter Jack, der Herr Hoffer, kehrten von einer mehrtägigen Reise in aufgeräumter Stimmung zurück und brachten neuen Wind in das Haus. Sie händigten Moidi und Alisa ihre Mäntel und Hüte aus, und der Mister sagte seiner Missis etwas auf Englisch, worauf die aufgeregt zu gackern anfing und gleich alle entzückt umarmte und küsste, und schließlich verstanden auch Moidi und Frau Hellmann, dass ihnen ein neues Zuhause in einer Stadt Wilmington am Delaware Fluss, ein paar Zugstunden von New York entfernt, bereit stehe. Herr Hellmann werde dort schon nächste Woche eine Stelle in der Textilabteilung einer großen Fabrik übernehmen, zu deren Direktoren Mrs. Hoffers Vater enge freundschaftliche Beziehungen unterhielt. Der Herr rieb seiner Frau den Rücken, während sie an seinem Hals heulte, und sagte immer wieder: „Frieda, es wird alles gut, glaub mir, Frieda, alles wird bestens." Und doch zerfloss die Frau, als hätte jemand einen Zapfhahn aufgedreht, und ihr Mann konnte und konnte das Fließen einfach nicht abstellen.

In den folgenden Tagen zauberten die neuen Aussichten nun doch etwas Unternehmergeist in Frau Hellmanns verzagtes Gehirn. Sie war öfters mal mit der Hausherrin auswärts. Vom Jewish Community Center kamen sie mit Taschen voller Kindersachen zurück. Es schien, als hätte Mrs. Hoffer halb New York zum Spenden bewegt. Säcke und Schachteln stapelten sich im Vorzimmer, und Moidi kam zum Schluss, dass die Amerikaner reich sein müssten, wenn sie so viel entbehren konnten. Das Kind hatte nun Kleidung und Spielzeug für Jahre, wie ihr schien. Aber nicht für das Kind allein hatte man gesammelt, sondern für die ganze Großfamilie: Kleidung, Koch- und Essgeschirr, Lampen, Bettzeug, Decken, ein Schaukelstuhl, Regale, ein Tisch … Da war viel mehr, als Moidis Leute zu Hause besaßen, ja von vielem hatte Moidi gar nicht gewusst, dass es überhaupt existierte, der Toaster, zum Beispiel (warum jemand Brot alt und dürr machen wollte, ging Moidi nicht ein), oder der elektrische Handmixer. Als der Spendenfluss sich beruhigt hatte, fuhr Herr Hellmann alles mit Lastwagen und Fahrer der Hoffer'schen Firma nach Wilmington, um das Haus für seine Familie herzurichten und seinen Arbeitsplatz kennenzulernen. Die Damen könnten dann in einigen Tagen mit etwas Handgepäck und dem Kind nachkommen und sich ins gemachte Nest setzen.

Moidi nahm sich öfters die Zeit, einfach neben dem Stubenwagen zu rasten und sich das Kind anzusehen. Sie hatte dieses Kind geboren, nicht die Mutter, dachte sie dann mit einiger Befremdung. Wie es da lag und hatte einen Mund wie eine Käsepappel und war eigentlich so gelungen. Und sie selber war wieder frei. Dieser Gedanke krabbelte sie an, zaghaft zuerst, dann aber massiv, einer Kolonie von Ameisen gleich, und fraß die Ereignisse der letzten Monate auf wie das Tageslicht den Albtraum. Die Gegenwart war ja so aufregend und beanspruchte ihre ganze Energie und Aufmerksamkeit. Sie beschloss, sie würde etwas aus sich machen. Hier in Amerika.

Am Tag ihrer Abreise kamen Mrs. Hoffer und die Frau ins Zimmer und legten ihr ein grünes Kleid mit goldfarbenen Knöpfen und ebensolcher Gürtelschnalle auf das Bett.

„Limettengrün“, sagte Frau Hellmann. „Ihr Bauerngewand ist für Amerika wohl nicht mehr passend. Von mir aus können Sie es in den Müll stecken.“

Moidi schaute etwas betreten an sich hinunter. Es war ihr gutes Gewand gewesen. In den Müll. Aber was soll’s, es hielt sie gefangen in einem Leben, das sie hinter sich gelassen hatte.

„For a happy new start“, sagte Mrs. Hoffer munter.

Moidi befühlte das neue Kleid. Ein feiner Wollstoff. Die Farbe einer Wiese im Frühling, wenn alles möglich ist. Kaum waren die Frauen draußen, zog sie sich um. Das Kleid schmiegte sich um ihren Körper wie eine lose Haut. So weich. Als sie in den Spiegel schaute, war da eines der jungen forschen Dinger aus den Modeheften, die so taten, als gehörte ihnen die Welt. Helle Augen schauten ungläubig den Spiegel hinauf und hinunter und zurück auf den Mund, der ein Lächeln ausprobierte. Schließlich legte sie ihr schwarzes Bauernkleid und den Schurz zusammen und tat ihre Vergangenheit zuunterst in den Koffer.

Später brachte Jack Hoffer seine Landsleute und das Kind zur Pennsylvania Station. Moidi war in den drei

New Yorker Wochen nicht aus dem Greenwich Village hinausgekommen und sah die Gebäude, die in die Wolken ragten, zum ersten Mal aus nächster Nähe. Sie kamen ihr vor wie eine Verheißung, so in den Himmel hinauf, fantastisch und unglaublich.

Über Kolonnaden markierte eine große Uhr, über die Jungfrauen drapiert waren, das Hauptportal des Bahnhofs. Sie gelangten in einen Arkadenraum mit Geschäften. Von dort führten breite Treppen hinunter in die Wartehalle des gigantischen Bauwerks. Moidi glaubte, etwas Ähnliches in einem Buch in Signorina Palumbos Klasse gesehen zu haben, etwas Römisches, vielleicht die Thermen des Caracalla: Die säulenbestückten Wände waren aus honigfarbenem Stein, und wuchtige Bögen überspannten riesige, halbmondförmige Fenster, unter denen Bilder gemalt waren, und die Treppen und Torbögen der Ausgänge. Ein Tonnengewölbe von atemberaubender Weite beherrschte den Raum mit seiner Kassettendecke.

So beeindruckt Moidi zuerst auch war, ihr wurde doch mulmig, als sie die ungeheuren Menschenmengen gewahrte: Sie presste das Kind an sich, als sie sich an Koffern, Schachteln und Taschen vorbeischlängelten, die ihnen den Weg verstellten. Sie sah Leute, die abgerissen und müde aussahen, auf den rosa Marmorfließen hingestreut oder gegen die Beleuchtungspfosten gelehnt, als wären sie sich nicht sicher, wie es von hier aus weitergehen sollte. Sie erkannte die Ortsfremden an ihrem Zögern, an den irrenden Blicken. „Mir sieht man es sicher auch an“, dachte sie. Aber sie bemerkte auch Männer in Anzügen und Aktentaschen, die zielstrebig ausschritten und genau wussten wohin. Elegante Damen mit Taschen und Paketen wurden abgeholt oder ließen sich Feuer geben. Der Zeitungsjunge rief seine Schlagzeilen aus. Die knacksenden Verlautbarungen aus den Lautsprechern. Gepäcksträger schwitzten. Moidi hörte Sprachen, die ihr unbekannt waren. Als sie deutsche Wörter aufschnappte, „Bahnsteig elf“, gab es ihr einen seltsamen Stich. Sie stolperte mit aufgerissenen Augen weiter, das alles hier war einfach zu viel, sie war eine winzige Maus in der lärmenden Halle und hätte sich am liebsten in eine Ecke verkrochen.

Schließlich fuhren sie mit der Rolltreppe, man stelle sich vor, eine rollende Treppe, weiter hinunter in den großen Bauch der Stadt und betraten den unheimlich großen Käfig aus Eisen und Glas, der den Zugparcourt umfasste. Hier in der metallenen Luft noch Hände schütteln, gute Wünsche. „Ich weiß nicht, Herr Hoffer, mir ist nicht gut“, wollte sie sagen, sollte sie sagen, aber die Fremde drückte ihr die Luft weg.

Der Herr Hoffer setzte seine Schützlinge in den Zug nach Washington über Philadelphia und Wilmington und überließ sie sich selbst. Frau Hellmann tat auf ihrem Platz, als wäre sie allein mit dem Kind, und als es einschlief, schloss sie auch die Augen. Moidi saß daneben wie ein Sack. Den Körper dem ruckelnden Zug ausgeliefert, starrte sie vor sich hin. Kein bisschen von der Aufbruchstimmung, mit der sie und die Frau die Barrow Street verlassen hatten, schien mehr übrig. Am liebsten hätten sie nichts mit der neuen Welt zu tun gehabt, die sich draußen vor den Fenstern abspulte: Fabrikanlagen mit nackten Fassaden, Baracken und Stränge von Geleisen mit Waggons. Häufen rostigen Schrotts. Große Reklameplakate. Niedrige, verlotterte Wohnhäuser. Manchmal ein Stofffetzen auf einem Maschenzaun. Stauden, Bäume irgendwie unangebracht in Hinterhöfen baukastenartiger Anlagen. Abfall, immer wieder Abfall: nicht mehr gebrauchte Herde oder Autoreifen, zerbeulte Bedürfnisse entlang der Bahnstrecke. Dann wurden sie eine Weile von einem überraschend breiten Gewässer begleitet, einem Strom, auf dem Schiffe fuhren und der von den rostfarbenen Steinen im Finsterbach keine Ahnung hatte. Und Bahnhöfe voller Mäntel und Hüte und Abschiede. Und dann wieder das Land, flach wie eine alte Jungfer, und immer noch keine Rinderherden.

Herr Hellmann empfing seine Familie in Wilmington mit einem lauen Südwind. Die Eiszapfen tropften am Dach des unbedeutend kleinen Bahnhofsgebäudes, und die Straßen waren ganz banal voller Pfützen und Matsch. Das silberne Licht der schrägen Nachmittagssonne floss über die kleine Stadt mit den niedrigen Häuserzeilen und schimmerte auf den ledrigen Blättern der Stechdornbüsche vor den Hauseingängen, den glatten Elektromasten und Stromleitungen, die neben dem Gehsteig die Straße entlang verliefen, auf den Fensterscheiben der Autos und auch auf dem elektrischen Bus, der ganz ohne das metallene Rasseln und Klirren der heimatlichen Bergbahn ankam auf seinen Gummirädern. Als sie in den Bus stiegen, sagte der Fahrer: „Welcome on board, folks“, und grinste Moidi und die Frau an wie ein Honigkuchenpferd. Er ließ die Münzen, die der Herr ihm gegeben hatte, in einen Behälter rasseln. Diese Straße heiße Market Street, sagte der Herr. Er gebärdete sich als Fremdenführer und machte auf vorbeifahrende Gebäude und Plätze aufmerksam. Dort ein Kino, das Aldine. Leute stellten sich für die Tagesschau an. Im Schaukasten war ein Poster mit einem Gorillaaffen, der eine schreiende Frau in seinen Pranken hielt. Auf einem Platz eine Reiterstatue. Ein mit Säulen bestücktes Gebäude dahinter. Gegenüber das Hotel Dupont. Keine Wolkenkratzer. Dann die Delaware Avenue. Auf einer Anhöhe eine Kirche.

„St. Anthony’s. Katholisch“, sagte Herr Hellmann zu Moidi. Dort sei auch das italienische Viertel.

„Und die Synagoge?“, fragte die Frau. Seit wann sie sich für Synagogen interessiere, wunderte sich der Mann. In der Fremde tue man gut daran, sich wieder auf seine Traditionen zu besinnen, schnappte die Frau. Auf eine Religion könne man immer bauen, im Gegensatz zu einer Partei. Ihn habe seine Partei wohl schön im Stich gelassen, wo er sie am ärgsten gebraucht hätte.

„Verdammte Krüppel“, sagte der Herr zwischen den Zähnen.

Wo die Berge hätten sein sollen, war Himmel. Er stieg direkt aus den Häusern und Bäumen heraus. Es gab sehr viele davon.

Sie stiegen vor einer Kirche aus grauem Stein aus: Wilmington Presbyterian Church. Das sei nun ihre Straße. Herr Hellmann deutete mit dem Kinn auf ein Schild. „North Rodney Street" stand drauf. Die Straße war auf beiden Seiten von hohen Bäumen gesäumt. Sie waren graustämmig, hatten eine speckig glänzende Rinde mit unregelmäßigen hellgelben Abschuppungen. Die Äste, an denen kleine raue Kugeln hingen, griffen weit über die Gehsteige und überragten die einzeln stehenden Häuser, sodass es aussah, als hüteten die Bäume sie mit ihren Kronen. „Sykomoren", sagte der Herr.

Die Frau meinte zu Moidi, sie sei nun doch erleichtert, dem Kind ein ruhigeres Zuhause bieten zu können. Der New Yorker Straßenlärm, der an Gebäudeblöcken widerhallte, fehle hier gänzlich. Hier sei es sogar ruhiger als unter den Lauben daheim.

Das Kind fing nun allerdings zu schreien an. An der Ecke zur zweiten Querstraße war das Haus, die Nr. 1311. „Schau, da wohnen wir, Kleines." Frau Hellmann hob Wolfis Köpfchen hoch. Wie jedes andere Haus in der Straße hatte auch das ihre einen schmalen Vorgarten, über den ein kurzer Steig und ein paar Stufen zur überdachten Terrasse vor dem Eingang führten. Die Häuser waren alle ähnlich, nämlich einstöckig mit steilen Dächern und schmalen Fenstern unter den Giebeln. Aber alle hatten einen anderen Anstrich.

„Schiefergrau, mit weißen und weinroten Akzenten", sagte der Herr mit seiner Hand die Hausfront hinauf- und hinunterfahrend, als würde er einen seiner Stoffe im Geschäft anpreisen. Sie blieben vor der Haustür, deren Glaseinsatz aus Rauten geschliffenen Glases zusammengesetzt war, stehen.

„Schön, nicht?", sagte er. Und wühlte genüsslich in der Aufgeregtheit der Frau und des Mädchens und schloss dann grinsend auf. Moidi aber war mit ihrer Geduld am Ende. Sie ließ sich in dem schmalen Vorraum mit Spiegel und Garderobe nicht aufhalten und drängte ins Wohnzimmer, schön hell, sogar mit Kamin! Geräumig! Dann das Esszimmer, bereits möbliert. Die Küche mit Gasherd, Eiskasten und weiß lackierten Einbauschränken. Eine Tür zum Seitenausgang bzw. in den Keller. Vom Wohnzimmer die Treppe in das Obergeschoss. Oben ein weiß gefliestes Bad, drei Zimmer, voll möbliert, eines für das Kind, eines für Moidi, und das Ehezimmer mit einem Deckenventilator.

Tage und Wochen vergingen. Die Neuankömmlinge richteten sich ein. Als Frau Hellmann alle Vorhänge, die geschenkten wie die neu erstandenen, mit Moidis Hilfe an die vorhandenen Fenster angepasst und installiert hatte und sich das Leben etwas verlangsamte, fing sie wieder an, vermehrt zu seufzen. Sie vermisse ihre Jugendstilmöbel, sagte sie, ihre Teppiche. Und Käse könnten die hier keinen genießbaren machen, und das Brot sei eine absolute Katastrophe, und sie schrieb lange Briefe nach Europa. Sie ging mit dem Kind bei jeder Witterung außer bei Regen spazieren. Meist fuhr sie es im Kinderwagen, doch wenn es besonders kalt und windig war, trug sie es in einem Tragtuch an ihrer Brust und knöpfte den Mantel über dem kleinen Rücken zu. Das Kind schien ihr ein Aggregat für Kraft und Energie zu sein. Sie war nach so einem Spaziergang gesprächiger und fiel dem Herrn des Öfteren in einem Anfall von Überschwang um den Hals, wenn er von der Arbeit heimkam.

Am dreißigsten Tag nach ihrem Einzug kam sie erst nach Anbruch der Dunkelheit zurück. Herr Hellmann saß schon am gedeckten Tisch im Esszimmer und hatte sich zu wundern begonnen. Moidi hatte ihm gerade die dampfende Suppenschüssel hingestellt, als seine Frieda mit dem schlafenden Kind im Arm hereintrat. Sie hatte hektische Flecken auf den Wangen und wühlte erregt in ihrer Tasche.

„Schaut, was ich habe“, sagte sie, als sie fündig geworden war, und wickelte mit bedeutungsvollen Seitenblicken auf ihren Mann ein längliches Objekt mit eingravierten Schriftzeichen aus.

„Hängst du’s mir bitte auf“, drängte sie und hielt es ihm hin.

„Eine Mezuza“, sagte der mit einem Ausdruck, der zwischen Mitleid und Verachtung schwankte. Er machte eine wegwerfende Bewegung mit der Hand und setzte, von seinem Gesichtsausdruck her zu schließen, zu einem genauso wegwerfenden Kommentar an, dem sie aber mit einem Sturzbach von Tränen zuvorkam, sie habe nämlich alles, was ihr wichtig war, zurückgelassen in der Heimat und brauche jetzt den Trost des Glaubens ihrer Kindheit, und im Übrigen täten ihr die Füße weh, war sie nicht eine ganze Stunde lang gehatscht bis in die North Washington Street auf der anderen Seite des Brandywine Flusses, wo der Tempel Adas Kodesch Shel Emeth war, und wieder zurück? Da verdrehte der Herr die Augen und holte, ohne die Suppe angerührt zu haben, einen Nagel und einen Hammer und hängte das Kästchen mit den heiligen Sätzen aus der Thora auf den rechten Türpfosten der Haustür in Kopfhöhe auf. Damit die Frau beim Hinausgehen die Hand des Kindes drauflegen und ihm den Spruch vorsagend etwas für die Erweiterung seines Horizonts tun konnte. Das Gute an Amerika sei, sagte sie zu Moidi, dass da die Gesellschaft wirklich offen sei, da könne der Mensch Jude oder Christ oder Neger sein, oder alles zugleich, das spiele keine Rolle, und der Junge solle doch, darüber sei man sich ja einig, zu einem vielfältigen Menschen erzogen werden. Und schaute um Zustimmung bettelnd in die Runde.

Moidi dachte an das Getue zu Hause an der Stubentür beim Weihwasserkrügel, wo man den Finger eintunkte und nasse Kreuzspuren über die Vorderseite zog, und dann fiel ihr noch ein, dass auf der Tür zur Toilette in der New Yorker Pennsylvania Station „Whites only“ gestanden war. Statt einer Antwort zuckte sie mit den Schultern.

# 10

Obschon Moidi in eine völlig fremde Welt katapultiert worden war, schrumpfte die alte Heimat bald zu einer verschwommenen Kulisse. Es hatte sie nun mal nach Amerika verschlagen, und sie band sich ihr Kopftuch nicht mehr um und ließ die Kirche sein und verstand nicht mehr, wie man ohne die Bequemlichkeit von Beinkleidern überhaupt hatte aufwachsen können. Ganz allgemein fand sie den fehlenden Druck von Eltern, Kirche, Dorfgemeinde befreiend. Trotzdem hielt sie es für angebracht, jeden Abend vor dem Schlafengehen, wie es bei den Schwienbacherischen Brauch war, die himmlischen Mächte um Schutz und Schirm zu bitten, für alle Fälle. Nachher ließ sie sich vom Kratzen und Schaben der Sykomore einlullen, denn die Geräusche der Zweige, wenn sie mit dem Dach oder der Fassade des Hauses in Kontakt kamen, waren einem Streicheln oder Tändeln gleich, und die Sykomore schien ihr ein Wesen mit einer wissenden Geduld, darin einem Berg nicht unähnlich. Daher konnte man sich ihr ruhig anvertrauen. Schon das Wort Sykomore fand sie bezaubernd, wie es schwang, wie es sang, so melodiös, so stark.

Weil Frau Hellmann für Moidi gewissermaßen die Mutterrolle übernommen hatte, fand es das Mädchen auch selbstverständlich, ihren Anweisungen zu folgen. Die Mutter zu Hause hatte die Arbeit erbarmungslos und hart ausgeteilt und mit Watschen gesalzen, um jedem Missgriff vorzugreifen. Frau Hellmann hingegen verhielt sich eher wie eine freundliche Tante oder gar eine ältere Schwester zu Moidi, wie sie sie mahnte und ihr half. Moidi war gern im Haushalt von Hellmanns. Natürlich, sie hatte die Abhängigkeit von den Eltern gegen eine neue Abhängigkeit vertauscht, aber mit den Marotten des Ehepaares ließ es sich ganz gut leben. Und wo sonst hätte sie schon hin sollen? Außerdem musste sie das Kind stillen, zunächst wenigstens, bis man Frau Hellmann über die wunderbare und hier weit verbreitete Babynahrung auf Kondensmilchbasis aufklärte. War Moidi das Füttern anfangs unangenehm gewesen, dann nur mehr lästig, fand sie es schließlich doch merkwürdig aufregend. Wie das Kind so an ihren Warzen riss, wie es schmatzend und grunzend trank. Das war wie die Zeit mit dem Lehrer hinter irgendwelchen Stauden oder Bretterwänden im dörflichen Verbund, wo sie hoffte, nicht erwischt zu werden. Da kam ihr die Milch herauf zwischen den Beinen und sie hörte sich selber atmen, die schwere Luft horten, die der Baum beim Fenster hereinfächerte. Manchmal passierte es, dass Freude beim Anblick des munter in ihre Brust beißenden Gesichtchens über sie schwappte, die sie in kleinen spitzen Ausrufen des Entzückens zum Ausdruck brachte. Aber wenn der Kleine einen Schreianfall hatte und sich mit dem entrüsteten Heulen so unter Druck setzte, dass seine Augen verschwanden unter den Wülsten der Brauen und er dunkelrot anlief, steif und nicht mehr zu trösten, war sie heilfroh, ihn an die Frau abgeben zu können, denn das war ja nicht zum Aushalten. Die konnte dann machen, sie hatte doch das Kind gewollt. Dann und wann bohrte sich allerdings der Wurm der Eifersucht in Moidis jugendliche Unbekümmertheit, zum Beispiel wenn sie sich den Singsang von Frau Hellmann anhören musste (die hatte ja kein Gehör, die Frau), mit dem sie das Kind beschwichtigte, und ihr Geflüster in den Stubenwagen hinein, als wäre Wolfi ihr Beichtvater. Oder wenn sie den Jungen mit ins Jewish Community Center nahm und weiß Gott welchem unsinnigen Klimbim aussetzte, da ärgerte sie sich auch. Und wenn beide Hellmanns das Kind im Bett zwischen sich liegen hatten, ekelte sich Moidi regelrecht für das Kind und ersann sich Vorwände, um es von der säuerlich käsigen Wärme des Mannes mit dem schüppelweisen Haarwuchs und dem aus der Fasson geratenen, ältlichen Torso der Frau zu retten. Aber sogar in den Ausdünstungen fremder ehelicher Laken wuchs sich das Kind prall und dreist und nistete sich ein in den Herzen der Vertriebenen. So hatte Moidi über kurz oder lang das Gefühl, dass sie dort daheim war, wo sich Wolfi aufhielt.

Von dem Schmerz, auf dem sie nach Amerika geschwommen war, brachen immer wieder größere Brocken weg, und sie spürte einen neuen Auftrieb, der sie ein Stück weiter aus dem Eismeer ihrer Vergangenheit hob. Sie lachte mehr, ging öfters vor die Tür, um das Pferd des vorbeiziehenden Besenhändlers zu tätscheln oder den Lumpensammler zu verscheuchen, und zum Staunen ihrer Mitbewohner trällerte sie bei ihren Verrichtungen mit silberner Stimme die Liedchen, die aus dem Radio quäkten. Die nachzuahmen mit ihren frechen, synkopierten Rhythmen und dem schnellen Tempo machte ihr zunehmend Spaß. „Negermusik", pflegten Hellmanns leicht verächtlich zu sagen, und doch schien ihnen im Stillen das Talent ihrer Mitbewohnerin zu imponieren.

Moidi aber fühlte sich bald ihrer selbst wieder so sicher, dass sie auch sang, wenn sie außer Haus kehrte oder die Mülltonne auf die Straße stellte. Und dort, vor der Kellertür, sprach sie zum ersten Mal mit Sam.

Jeden Tag in der Früh sprang der Milchjunge aus seinem Lieferwagen und stellte ihnen zwei Flaschen Milch ins Kästchen, das in der Hauswand eingelassen war und auch von innen, nämlich von der Kellertreppe aus, zu öffnen war. Eines Tages, als Moidi eben diese Treppe putzte und bei offener Tür sang, etwas Frivoles, das wippte und dudelte, da kam von draußen ein blechernes Gehacke und Gehämmer, das ihrer Melodie den perfekten Takt gab. Perplex ging sie auf die Einfahrt hinaus und fand dort einen pickeligen jungen Mann, der mit zuckenden Gliedern um die Mülltonne sprang und wie in Ekstase auf den Deckel einhieb.

„Hey, Missy! Great singing", grinste er, als er sich ausgetobt hatte, und fand Moidi appetitlich anzuschauen mit ihrem unruhigen Haar, unter dem sie errötete und sich ein wenig schämte. Da wusste er, die ist ihm nicht gram und einen Versuch wert. Und so erfragte er ihren Namen und erkundigte sich, wo sie singen gelernt habe wie ein Vogel, so hell und leicht, und ja, bevor er es vergaß: „I am Sam, your milk boy“, dann sehe man sich ja morgen wieder zur selben Zeit, nicht wahr, und sprang in seinen Wagen zurück und weiter und ließ seine grünlich gesprenkelten Augen zurück.

Und dass dieser Amerikaner tat, als würde er sie schon lange kennen, gar nicht verlegen und alles ganz natürlich und direkt, wie ein Hund seine Sache verrichtet und dahin und dorthin rennt und mit dem Schwanz wedelt und schnuppert und schleckt ohne Scheu und Vorbehalte, das gefiel ihr, und deshalb kehrte sie am nächsten Morgen vor der Kellertür, zu der Zeit, zu der er kommen musste und auch prompt kam, und noch einige Male geräuschvoll aufs Gas stieg, damit sie Grund hatte aufzuschauen.

„You can't beat our milk, but you can whip our cream“ stand auf dem Schild über der Fahrkabine des Kleinlasters. Das ließ sie sich nun erklären („what means?“), und weil er so angestrengt versuchte, und sie es immer noch nicht kapierte, mussten sie beide lachen, es war ihr ja egal, dass man die Milch nicht schlagen konnte, aber die Sahne schon.

„Mein Vater hat acht Kühe“, sagte sie ihm. Und auch wie sie hießen, „Bless, Schecke, Fuchsl, Elektra … zu Hause in Italy.“

„Camoscia is my best.“

Ja. Sams Urgroßvater sei auch aus Europa gekommen, aus Irland, wie einem schon der Familienname verrate, McEntee, Sam McEntee hieße er. Und Sams Vater arbeite für die Dravo und baue Schiffe in der Werft am Christina-Fluss unten.

„Zeig ich dir gern mal, wenn du willst. Und bis morgen dann.“

Und war weg mit seinem sandfarbenen Haar.

So ging es. Immer wieder ein neuer Morgen, einmal grau und kalt, einmal feucht mit tropfenden Dächern, dann so groß und blau, dass man schreien wollte vor Verlangen, und rückte den alten, bösen Novembertag mit dem phosphoreszierenden Altar, dem untreuen Lehrer und dem aufgebrachten Zuhause immer weiter fort.

Und der Morgen des St.-Patrick-Tages kam und Sam mit drei Nelken. Die hatten grün eingefärbte Blüten. Und Sam trug eine grüne Fliege am Hals und einen grünen Knopf im Revers, worauf stand: „Kiss me, I’m Irish.“

„Ich habe ein Baby“, sagte ihm Moidi.

„Baby ist gut“, sagte er, „hast du einen Mann?“

„Nein“, sagte sie.

„Sehr gut“, sagte er.

Und Ostern kam, wo der Himmel voller pastellfarbener Eier hing und ein Schokoladehase in der Milchbox saß zwischen den Flaschen.

„Für dich und das Baby“, sagte Sam.

Und er wollte ihr den Park am Brandywine River zeigen.

„Heute darf Wolfi nicht mit", sagte Frau Hellmann, „weil der mit mir ins Community Center geht. Soll doch sehen und riechen, wie schön Pessach ist!"

„Du übertreibst", sagte der Herr.

Aber Moidis Spaziergang mit Sam stand nichts im Weg.

Moidi hieß jetzt für alle Mary (am Telefon: „This is Sam, is Mary there?") und ging befangen neben dem Jungen, nicht viel größer als sie selber. Der roch nach Aftershave, obwohl es doch nicht viel zum Rasieren gab, und sie schlenderten über die sieben Bögen der Van-Buren-Street-Brücke über den Brandywine-Fluss. Da trieben die gerundeten Felsen wie schläfrige Nilpferde im Wasser.

Zwischen blühenden Kirschbäumen stand am linken Ufer der Josephine-Tatnall-Smith-Brunnen: ganz oben ein keusches Mädchen mit einem Füllhorn, das sie zaghaft an ihre Brust drückte. Wo hatte man sie da hingestellt! „Den linken Arm höher", schien jemand von unten zu schreien, sie folgte und schaute geduldig zur Seite und wusste nicht, wozu das läppische Füllhorn. Ach ja, Wasser musste sie damit ausgießen. Das Kleid war vorne wirklich zu kurz, weswegen sie die Beine verlegen zusammenhielt. „Geht weg", sagte sie, es musste ihr wie ein böser Traum vorkommen, so hoch oben auf einer Säule mit bärtigen Männerköpfen, Cupiden, Löwenköpfen, geflügelten Cherubs, Nymphen zu ihren Füßen, und war zu weit hinunterzuspringen, und goss folgsam ihr Wasser ins kreisrunde Becken darunter und sah nicht, dass es zu viel des Guten war, denn das Wasser ging über und rann an Seejungfrauen, die auf Delfinen ritten, vorbei in dünnen Fäden und hinab in ein oktogonales Becken im Rasen.

„Da würde Wolfi gern planschen", sagte Moidi.

Und dafür spritzte sie Sam gleich mit seinen langen Fingern an, nicht zu grob, weil sie da saß am Beckenrand in der lauen Luft mitten in der rosarot gebauschten Welt und beim lebendigen Wasser und selber eine Kirschenblüte und feucht und warm, ein Garten im Frühling, den man umstechen musste und die Samen ausstreuen und schon schossen die saftigen Knospen und Halme aus der Erde. Ihre Augen waren Magnete und deshalb blockierte Sams neckische Hand mitten in der Bewegung, und der Junge ließ sich heranziehen und parkte seinen Mund auf ihren Mund, nur kurz, bevor der ihn auslachte und aufsprang und rannte und er nach, hierhin und dorthin, übermütige Schmetterlinge.

# 11

Immer öfters gelang es Moidi, die Linse, durch die sie ihre neue Welt anschaute, dieses trübe Glasauge der alten Heimat, abzulegen. Ja so einfach war der Frühling. Leicht war Amerika, unbeschwert wie die neuen Nylonstrümpfe, die die Röcke der Frauen etwas höher rutschen ließen und die rar waren, denn die Regierung hatte ihre Hand im Spiel und Fallschirme im Sinn mit dem neu erfundenen Material, wo man mit den Japanern nicht auf freundlichem Fuß war, die mit ihren Seidenraupen.

„Stark wie Stahl und fein wie Spinnwebe", sagte Herr Hellmann, als er seiner Frau daheim die erste Schachtel präsentierte. Aber die wollte sich keine Frivolität erlauben.

„So fein und durchsichtig und ganz ohne Gewicht", wunderte sie sich, „ach Maria, das ist nichts mehr für mich, das ist was für euch junge. Nehmen Sie die Strümpfe, ziehen Sie sich was Hübsches an und gehen Sie doch auf die Memorial-Day-Parade mit Ihrem Sam und amüsieren Sie sich schön, und wir kommen später nach mit unserm Wolfi und treffen uns vor Abbotts auf der Market Street zu einem Eis!“

Und so machten sie’s. Die Soldaten defilierten prächtig in Sechserreihen mit geschultertem Gewehr, hatten Helme auf, breite Gürtel mit Feldflaschen und Kriegswerkzeug um und Schweißperlen auf den Stirnen und waren Maschinen, präzise und stählern und blendend und hielten den Blick fest auf die Fahne mit den Sternen. Und die Zuschauer schleckten an ihrem Eis und schwenkten Fähnchen.

Am 10. Juni 1940 trat Italien an der Seite Deutschlands in den Zweiten Weltkrieg ein. Und da waren Hellmanns ganz durcheinander vor Sorgen, und der Herr ging auch öfters mit in die jüdische Gemeinde, vor allem um den *Aufbau* zu lesen, die deutsch-jüdische Wochenzeitung aus New York, die sich als Sprachrohr für deutsche und österreichische Emigranten in aller Welt sah, sich ihrer Schicksale annahm und besorgt die Entwicklungen in Europa verfolgte. Sie hatten gehört, dass alle jüdischen Männer in Italien eingesperrt werden sollten, und etwas später hieß es sogar, dass Juden in Lagern gesammelt würden.

„Sie werden umgebracht wie in Deutschland“, weinte die Frau und wollte zurück zu ihren Eltern, und der Herr schaute ratlos. Von nun an schlief die Frau kaum und dümpelte dahin wie ein Korken im Ufergewässer. Der glatte Knoten in ihrem Nacken war dunkel und glänzend, doch hatte sie die ängstliche Besorgtheit einer alten Frau angenommen. Sie hielt die Ellbogen gegen den Körper gepresst, als ob ihr immerzu kalt wäre und ließ sich höchstens mal von Wolfi ablenken, mit seiner ahnungslosen Gaudi und wilden Energie. Und hieß ihn Mama sagen. Das war die einzige Freude, die sie hatte. Und fütterte ihn, als gäbe es kein Morgen mehr.

Mehrmals in der Woche ging Moidi den regelmäßigen Raster der Straßen ab zu den Italienern auf den St.-Anthony-Hügel zum Einkaufen, wo sie nicht viel verstand von den süditalienischen Dialekten, und fühlte sich doch merkwürdig zu Hause mitten drin, ein bisschen als wäre sie noch in der Nation, in der sie groß geworden war und die sie nicht hatte Deutschsein lassen wollen. Dort konnte sie den Signor Bocchini im Italian Delicatessen fragen, was er vom Krieg wisse. Und ob der Vater? Ob er würde einrücken müssen? In den Krieg? Tatsächlich ein Krieg? Und der Bruder? Ach, der Krieg werde nur ein paar Wochen dauern, nur ein paar Wochen, versicherte ihr der graue Herr, schnitt den Prosciutto hauchdünn und hatte grüne Feigen auf dem Tisch vor dem Schaufenster.

„Non si preoccupi, signorina!“

Der Juli kam und schraubte die Quecksilbersäule hoch und höher, sodass Moidi meinte, in den Tropen könne es nicht heißer sein. Die Fenster blieben offen bei Tag und bei Nacht, die Zikaden schrien in den Bäumen. Aber an den Wochenenden sorgten Sam und auch die neuen Freundinnen der Frau für Abkühlung und Zerstreuung.

Der Ausflug in den Price's Run Swimmingpool auf der Westseite der Stadt war leider ein Fehlschlag. „It is very nice", hatte Sam den Zugereisten versprochen, als er sie im glühenden Chevy seines Vaters hinkutschierte. Aber bei so viel ungenierter Halbnacktheit fühlten sich die Südtiroler nun doch nicht wohl und beschlossen daher, lieber im Fort Christina Park die Füße in den Fluss hängen zu lassen. Das kühlte auch. Und hatten im Rücken das Monument mit dem steinernen Segelschiff. Das hatte Wilmington vom Schwedenvolk vorvoriges Jahr geschenkt bekommen anlässlich der Gedächtnisfeier zum dreihundertsten Jahrestag der Gründung der Stadt durch Peter Minuit und seine nordischen Haudegen, die auf der Kalmar Nickel genau an diesem Platz, The Rocks genannt, gelandet waren, begierig die Schätze des Landes auszubeuten und interessiert, sich zu verändern. Herr Hellmann wischte sich den Schweiß von den Brauen und setzte sich seine neue Baseballkappe auf. Er liebte es, laut zu denken: „Hier spürst du noch die Geister der ersten Einwanderer umgehen, ja eigentlich sitzt du mitten unter ihnen und weißt genau, wie es ist, wenn man fremd ist, und schon die Luft hat ein anderes Gewicht und du musst wieder etwas aus dir machen."

Ja, der Herr war ein Philosoph.

Hinter der Mauer waren die Kräne der Schiffswerften wie Symbole für den Konstruktionsbeginn ihres neuen Lebens.

„In Amerika ist alles möglich", sagte die Frau und versuchte für ihren Mann ein tapferes Lächeln.

„Absolut alles“, sagte Sam und kitzelte seine Mary.

Sie alle hatten nasse Kreise unter den Armen, und auf Moidis Schoß, wo Wolfi gelegen hatte, war auch ein nasser Fleck. Jetzt kreischte das Kind in den Armen von Frau Hellmann mit den Möwen um die Wette und strampelte mit den Beinen und schaute aufgeregt zu, wie sie auch was von der Jause wollten. Ein kleiner Wind bewegte sich in den paar Fläumchen auf seinem Kopf, und die enzianblauen Augen strahlten jeden feucht an, dass man vergaß, was war, und man nur Mund und Nase in diese köstlichen Wangen bohren wollte. Ja das Kind. Schaute nicht doch der Lehrer aus ihm heraus? Und konnte nichts dafür und war so froh wie das Gras grün.

Einmal an einem Nachmittag fuhr unser Grüppchen zwischen Hunderten von Wimpeln in den Nationalfarben mit einem Dampfer der Wilson Line vom Christina River aus über den Delaware River („Ist das das Meer? So breit!“). Auf der anderen Seite, in New Jersey, gingen sie an Land und amüsierten sich im Riverview Beach Park am Riesenrad und aßen Hotdogs mit Ketchup und French Fries und waren Touristen wie alle Amerikaner am Wochenende.

Am späten Abend bei der Heimfahrt wurde auf dem Mitteldeck getanzt.

„Da schaut einmal diese Neger an“, sagte Herr Hellmann belustigt und doch auch interessiert mit dem Kinn zur Tanzkapelle hin. Die Frau schüttelte den Kopf, aber riskierte es, mit ihren gepolsterten Schultern zu schaukeln und strich sich die lose Strähne nicht ins aufgerollte Haar zurück. Und Moidi machte große Augen: wie das swingte und lachte, diese Energie. Die Kleidchen flatterten um glatte Beine. Und Schweiß und alle so unbekümmert. So einfach war das Leben, man hatte eine Flasche Coke in der Hand und gab sich hin. Der Delaware River, zähflüssig schwarz mit silbernen Glanzspuren, sandte faulig riechende Schwaden herauf und tat, als ginge ihn all das nichts an. Und es war, als zöge Sam sie hinein und war doch nur der Tanzboden, und Moidi glitt an ihn geheftet durch die Nacht, in der tausend Glühbirnchen blinkten.

Eine raue Frauenstimme sang sich am Mikrofon die Seele aus dem Leib. Ihre Augen waren dunkle Gruben, ihr Gesicht nass, und der klatschmohnrote Mund entstellt von einer Qual, die Moidi erschreckte.

*I have the blues before sunrise, tears standing in my eyes. It was a miserable feeling, now babe, a feeling I do despise. I have to leave, leave you baby, because you know you done me wrong ... I'm gonna pack up and leave you, darling, and break up my happy home ... I have to leave, leave you baby, leave you all alone. I'm gonna leave you baby, leave you all alone ...*

Das ölige Vibrato sickerte ein ins erwachende Bewusstsein des Mädchens und sudelte über die Bilder in ihrer Erinnerung vom Vater, vom großen Bruder Florian, die der Krieg in seine Mangel zu nehmen drohte, von der verbrauchten Mutter. Und Sams grüne Augen schwammen darin und auch Wolfi, und die fremden Orte der letzten Monate, alles in dieser ungenießbar hantigen Marinade aus Abschied und Einsamkeit, in der ein paar schillernde Häute der Hoffnung lagen: „Well now good bye, good bye baby, I'll see you on some rainy day".

Oh Sam, halt mich fester. Was wird werden. Was wird kommen.

Man schrieb Briefe nach Hause, auch die verworfene Moidi getraute sich und hoffte auf Antwort. Das Leben aber, ihr Leben wenigstens, ging weiter: Sam kam mit der Milch und den Vorschlägen fürs Wochenende, die Diamond Ice and Coal Co. brachte das Eis für den Kühlschrank, der Herr brachte das Geld heim. Das Kind arbeitete sich bäuchlings über den Fußboden an eine gelbe Plastikente heran, mühsam mit Stemmen, Schieben, Rutschen. Es gurrte wie eine Taube und suchte sich sein Glück zusammen in den wohlwollenden Augen der Umgebung. Frau Hellmann kam vom Jewish Community Center, wo sie für die Flüchtlinge aus Europa sammeln half, mit immer böseren Geschichten aus der marschierenden Welt des Führers zurück. Moidi putzte und kochte zu Hause und summte die bittersüßen Lieder im Radio mit und sann zwischendrin nach über die Absurdität der Zustände im alten Europa. Dort propagierten ausgewachsene Leute bewusst wahnsinnige Ideen, wie den Judenmord. Ebenfalls ungeheuerlich, dass ihre Landsleute alles, was ihnen lieb war, liegen und stehen lassen sollten, um nach Deutschland auszuwandern. Ach und war da nicht diese törichte Sache mit dem Haar gewesen? Stand in den Dörfern und Weilern im Gebirge, wo sie aufgewachsen war, die Länge der Haare nicht im direkten Verhältnis zur Moral bzw. Unmoral der Frauen und Mädchen? Und der katholische Glaube war der einzig selig machende gewesen. Und die Mutter hatte jedes Jahr ein Kind haben müssen, oder der Pfarrer verlangte Rechenschaft. Und wenn man mit einer Todsünde starb, kam man in die Hölle. Unkeuschheit war *die* Todsünde. Unkeusches denken, angreifen, tun, und man musste für immer und ewig im höllischen Feuer brutzeln. Ein gefallenes Mädchen. Sie selber war ein gefallenes Mädchen. Männer hingegen fielen nur im Krieg. Was hatte der Krieg mit ihr zu tun, mit ihrer Familie? So viel Hirnrissiges …

Il Carnevale war der große Zeitvertreib im August. Das war die Kirchweih bei St. Anthony's Church, die ein paar Wochen lang dauerte mit Verkaufsbuden aneinander gereiht wie die Perlen im Rosenkranz und ein paarmal um die Kirche herumgewunden. Lucy Poppiti verkaufte Zucker und Schinken, Mrs.Tornatore breitete ihre Spitzen und Deckchen aus, die Ministranten wollten Körbchen mit Obst loswerden, Mrs. Featherstone hatte Süßes und Kuriositäten, die Huber Baking Co. und die Del Campo Baking Co. fanden für ihre frischen Teigwaren reißenden Absatz, zwölf Cent für das Dutzend Semmeln. Eis und Sodagetränke kriegte man bei der Rose LaManna und die Frances Verderame bot die raffiniertesten Kuchen an. Zur Unterhaltung schluckte Bart Strazzella Schwerter, man stelle sich vor, das längste war ganze siebenundzwanzig Inches lang. Zolli's Junk Band sorgte für die musikalische Umrahmung, und die drei Immediato Brüder produzierten sich mit ihren akrobatischen Kunststücken. Und Hellmanns, Wolfi, Moidi und Sam saßen um einen der langen Tische mit Kennedys, Giampietros, Sweeneys und Schusters, oder Venturas, Di Sabationos und Redenbachers, ganz wie der Zufall es wollte, und freuten sich, dass die verschiedenen Nationalitäten in Amerika so gut miteinander auskamen. Sie unterhielten sich auf Deutsch, Italienisch oder Englisch, aßen dreimal die Woche Spaghetti mit Meatballs in Tomatensauce und am Schluss einen Gelato, was soll's, teuer war es nicht, und den Erlös strich die Kirche ein. Moidi zog dann ihren Sam vom Riesenrad zum Karussell zum Entenschießen zum Tanzboden und hatte Zuckerwatte im Haar, und das Leben war fast perfekt. Und am Abend vor dem Heimgehen schenkte ihr Sam eine große Blume aus Krepp.

Nach dem Fest fing Moidi an, für Frau Malina die Wäsche zu machen. Die Matrone, Schwiegermama des Lebensmittelhändlers Bocchini, wohnte hügelauf und stadteinwärts neben dem St.-Francis-Spital. Mit dem Wäschekoffer war das Überqueren der Delaware Avenue mehrere Wochen lang recht beschwerlich, denn es wurden die Straßenbahngeleise im Zuge der stadtweiten

Eliminierung der Straßenbahnen herausgerissen und anschließend wurde noch frisch geteert. Auf der Pennsylvania Avenue hatten sie ein neues Cadillac-Geschäft eröffnet. Delaware Motor Sales, Inc. stand in Leuchtschrift über dem Schaufenster mit den schnittigen Autos. Moidi spiegelte sich gern in der Glasscheibe. Es war ein Film mit sich selbst in der Hauptrolle, eine junge Frau mit schwingendem Saum und hüpfenden Locken, wie sie aus dem weißen Dunsthimmel gestiegen kam, ein kleines Zögern im Schritt, den Nacken aber kein bisschen geknickt von Reue.

Mit ihrem Wäscherinnenlohn kaufte sie sich in Leo's Variety Store den ersten Lippenstift. Es war ihr dabei nicht ganz wohl in der Haut, so als täte sie etwas Verbotenes. Zwei Tage lang probierte sie ihn zu Hause in ihrem Zimmer vor dem langen Spiegel aus, der an der Innenseite der Schranktür befestigt war, redete mit dem Fräulein, das ihr entgegenschaute, sah in seinen Augen die Sonne aufblitzen, gestikulierte mit gelenkigen Fingern und näherte sich schließlich langsam ihrem eigenen Mund. Dann küsste sie ihn mit geschlossenen Augen, zwei Halbmonde auf der glatten Fläche. Der Lippenstift war feuerrot und verlieh ihr ein besonderes Etwas. Sie schwor, dass sie in Neds Music Shop, wo immer eine der neuesten Schallplatten spielte, rotlippig mit größerer Zuvorkommenheit behandelt wurde als ungeschminkt. Und auch im Barber Shop gleich neben der Pippin Insurance Agency, wo sie sich die Haare nachschneiden ließ, glaubte sie dieselbe Erfahrung zu machen.

Ihre geheimen Idole waren die aufgeplusterten Damen, die am Hotel Dupont vorfuhren, die Sandblonden oder Melangeblonden oder gar Platinfarbenen … Wie sie dem Boy in Livree souverän die Autoschlüssel zuwarfen, damit der ihnen die Wagen parkte, so als täten sie den ganzen Tag nichts anderes als Befehle verteilen. Nicht aggressiv, nicht müde und resigniert wie die Mutter. Was würde die Schwienbacherin sagen, wenn Moidi sie einmal hierher brächte? Von ihrer ältesten Tochter selbst in einem champagnerfarbenen Schlitten unter die Wellenlinie des Vordachs chauffiert. Dann hinter den Bogenfenstern unter funkelnden Kronleuchtern von Kellnern umschwirrt essen. Vielleicht im elften Stock ein Zimmer beziehen. Es musste doch gewaltig sein dort über der Stadt mit Blick nach Süden auf die silbernen Wasseradern oder auf das Wellenmeer der bewaldeten Hügel im Norden. Ja, sie würde der Mutter einmal beweisen, dass Freude am Leben nicht im höllischen Schlund zu enden hatte. Eine Dame wollte sie sein. Ihr zum Trotz. Mit sündhaft hohen Absätzen. Und nichts als ein leichtes Seidenfähnchen auf der Haut. Und den Rücken durchgedrückt und frei von den Bürden der Angst. So jemand wollte sie sein.

Ende des Sommers mussten sich die Auswanderer bei der Post registrieren lassen, weil die Regierung plötzlich aus Staatssicherheitsgründen über den Verbleib von Ausländern unterrichtet sein wollte. Die mit italienischem Pass waren nun Feinde, wo doch Mussolini und Hitler unter einer Decke steckten. Daher waren Moidi und das Ehepaar Hellmann von jetzt an dazu verpflichtet, ständig ihren Ausweis dabei zu haben. Aber weiter war nichts, auch wenn die Frau immer wieder in einem vorbeiratternden Ford die Black Mariah, den Gefangenentransport der Polizei, befürchtete.

Das Kind gedieh noch besser als das Unkraut auf einem Parkplatz, wie Sam scherzte. Das Jahr ging unspektakulär weiter und zu Ende und das Neue nahm seinen Lauf, gemessenen Schrittes, nicht unangenehm. Man hatte sich eingewöhnt.

# 12

An einem Sonntag im Dezember 1941 lud Sam Moidi zu einem Footballspiel im neuen Wilmington Park Stadion ein. Mit den Mützen tief in der Stirn und den Kragen hochgeschlagen war die Kälte gut auszuhalten, als sie an eine der Frittenbuden gelehnt auf Strauben und Popcorn warteten.

Football, das kannte Moidi nicht. Der Ball war eierförmig und wurde mit Händen und Füßen gespielt und erkämpft von Spielern, die dick gepolstert und zudem behelmt waren. Und wie verrückt rannten diese Pakete von Männern gegeneinander an, türmten übereinander und aufeinander in scheinbar blinder Wut, stellten sich gegenseitig ein Bein, erpicht, das lederne Ding zu erbeuten, verbissen und verkeilten sich, tauchten einem Widersacher die untere Körperhälfte weg und hieben einem anderen vor die Brust. Das war ein Schlachten! Die Begeisterung der Menge schwoll und vibrierte bis in Moidis Eingeweide und verebbte und stieg wieder an, es konnte im Kolosseum nicht anders gewesen sein, wenn ein Gladiator auf seinen Rücken geschmissen wurde. „Kill them, kill them", hörte sie Sam schreien, und die Luft knisterte in der ovalen Schüssel des Sportzentrums vor Spannung.

In den Pausen lärmten die Leute gutgelaunt weiter oder sangen eines der Lieder mit, die die Lautsprecher hervorquetschten, oder wiegten sich im Beat der Musik. Und Sam versprühte seinen Charme.

„Es sind mehr als zweitausend Fans in der Arena, Mary, aber du mit deinen roten Lippen bist die schönste", sagte er. „Wenn du nicht da wärst, wäre die Sonne weg." Und sie freute sich.

Er war ganz für die Wilmington Clippers und hoffte, dass sie den Richmond Arrrows so richtig Saures gäben. Na ja, die Arrows Defense war unerwartet stark gewesen, jedoch konnte der Kick von den Hausherren sofort zu einem Touchdown verwandelt werden. Die Arrows hingegen erzielten bis zur Halbzeit keinen Gegentreffer.

Moidi bemühte sich, dem Spiel etwas abzugewinnen, und Sam erklärte geduldig. Gerade als er ihr auseinandertüftelte, was nun im Folgenden die beste Strategie der Clippers wäre, wurden über Lautsprecher einige Offiziere in der Menge zum Ausgang beordert. Dann kämpften die Teams weiter und rissen die Leute von den Sitzen, und sogar die Getränke- und Imbissverkäufer hatten nur mehr Augen für das braune Leder. Backup Quarterback Berns war angetreten und Starter Manuel war auf den Receiver-Posten gewechselt. Nun kam das Spiel der Clippers so richtig ins Rollen. Trent Holmes warf 236 Yards und leitete damit einen weiteren Touchdown ein.

Zu Beginn des vierten Viertels wurden plötzlich alle anwesenden Fort-Dupont-Soldaten aufgerufen, unverzüglich ins Hauptquartier zurückzukehren. Was das sollte, hätte Sam nun doch gerne gewusst, zuerst die Offiziere, dann die Soldaten: wollte man denen keinen Spaß gönnen? Und schaute zu, wie Gruppe um Gruppe von jungen Männern in den Ausgängen verschwand.

Mit auslaufender Uhr erzielten die Clippers einen weiteren Touchdown und das Spiel ging schließlich mit einem 3 : 0 für die Clippers aus. Hurra für das Hometeam!

Beim Hinausgehen kam im allgemeinen Siegestaumel des Gedränges ein Rufen durch, eine Art Singsang von der Straße her. Moidi konnte nicht umhin, an die verdrießlichen Bahnhöfe ihres jungen Lebens zu denken, an *den* beim Abschied von der Heimat, an Verona beim Umsteigen und Genua beim Ankommen und an New York – alle dröhnend vor Lärm und mit den hohen Noten des Anbietegeschreis von Gepäckträgern und Bauchladenverkäufern gespickt. Aber erst im Näherkommen gelang es ihr auszumachen, dass es sich hier in der blassen Dezemberluft Wilmingtons um Zeitungsjungen handelte, die schrien. Noch ein bisschen näher, und sie hörte, was sie schrien: „Extra! Extra! Japs Bomb U.S. Islands!“

Die Japaner, was? Fahrig wühlte Sam in seiner Hose nach einer Münze und tauschte sie gegen ein Zeitungsexemplar ein und zeigte es aufgeregt seiner Mary.

„Das bedeutet Krieg“, sagte er, „jetzt auch für uns“, und schlug mit grimmigem Handrücken gegen die Schlagzeilen.

Er begleitete Moidi nach Hause und war nicht sehr gesprächig, und wie sie von ihm wegschlüpfen wollte durch die Haustür, erhaschte er sie noch gerade am Mantel und zog sie zurück. Als sie ihm einen scherzhaften Kuss gab und gleich wieder entwischen wollte, sagte er: „Wait, Mary, wait!“

Mit dieser drängenden Stimme, mit diesem wilden Blick und einsam und entschlossen, wie der bronzene Soldat am Kriegerdenkmal, gestorben für sein Vaterland und alles umsonst. Moidi verstand nicht. Aber ein Mann ist ein Mann und Sam wollte, nein musste gleich ins Rekrutierungsbüro der US Army. Das sei nun seine Pflicht. Das sei er seiner Heimat schuldig und ihr, der Mary, schuldig und Hellmanns schuldig. Bedenke man nur, was ihnen angetan wurde und immer noch angetan werde. So schwer es sei, aber: „A man’s got to do what a man’s got to do.”

„Will you wait for me?“, fragte er sie, „Mary, will you marry me?“

Er schien es auf einmal sehr eilig zu haben und deshalb flehte er sie an: „Please, Mary, please“, als hinge sein Leben davon ab. Die Luft war kalt und feucht. Sie zerwühlte Moidis Haar und schimmerte auf Sams sandigem Scheitel und gab seinem Gesicht einen blauen Unterton und war in den Schuhen und kam die Beine herauf gekrochen. Moidi schaute dumm.

„Heiratest du mich, wenn der Krieg aus ist“, fragte er wieder, bat er inständig.

Verstand sie ihn richtig? Seine Lippen zitterten, als er sie sacht an den Schultern rüttelte.

„Yes, yes“, sie verstand, „yes“, sie schrie es. Zuerst verlor sie ihn und im selben Moment bekam sie ihn für immer. Ach, so bitter, so süß, so irrsinnig, und sie schnaufte unter der Bürde des Geschehens wie ein Schwerarbeiter, ihr Herz, wie konnte es so viel aushalten. Aber yes, yes, jedes Ausatmen ein Yes, bis Sam ihr den Mund verschloss mit einem Kuss, bohrte sich in sein blondes Glück und seine Hoffnung.

Am nächsten Tag war Sam schon zeitig da, um sich von Moidi, von Hellmanns und dem Kind zu verabschieden. Er steckte seiner Mary einen Ring an den Finger. Er küsste sie und das Kind. So ernst. Ja, er hockte vor dem Kind und schaute es lang an, es konnte schon stehen und machte seine ersten Schritte, so eine Freude, und wusste noch nichts von der Welt. Hellmanns schüttelte er freundschaftlich die Hand. Ganz formell war er plötzlich.

„Du ziehst in den Krieg gegen meine Leute“, sagte Moidi.

„Ich kämpfe gegen Hitler und die Japsen“, entgegnete er, „wir müssen das Böse ausrotten, die Welt von Monstern befreien.“

Er war einfach und logisch. Stand da wie ein Schrank. Nur ein kleines bisschen unglücklich. Ging dann. Folgte dem Sternen- und Streifenbanner. War gehorsam und trug sein kleines, aufgeschobenes Glück im Herzen. So tapfer.

Die Emigranten aber hörten sich mittags im Radio an, wie der amerikanische Präsident Japan den Krieg erklärte. Drei Tage später war Amerika im Krieg gegen Italien und Deutschland. So, jetzt werden sie mit dem Gesindel aufräumen.

*I have to leave, leave you baby, leave you all alone ...*

Moidi war nicht leicht zu trösten. Da verpflichtete er sich ihr, der Geliebte, und ging und verpflichtete sich auch der Staatsmacht und überließ sich dieser ganz auf unbestimmte Zeit. Gerade gewonnen, schon zerronnen. Sams Ring an ihrer Hand. Grün und facettenreich der Stein, wie das Leben. Man redete ihr gut zu und weichte die Ränder der Angst auf mit der Hoffnung auf ein schnelles Ende des Weltkonflikts, und von der ließ sie sich schließlich tragen. Auch von dem neuen Wind, der durch Amerika ging und der bald auch ihr eine neue Richtung gab. Wenn Sam sich schon einsetzte für den Weltfrieden, so wollte sie ihm nicht nachstehen. Sie begann, den öffentlichen Aufrufen folgend, altes Eisen zu sammeln. Wie ein Magnet war sie. Sie kam von ihren Spaziergängen und Botengängen heim mit Dosen, Nägeln, Schrauben, Teilen von Haushaltsgeräten oder Autos. Manchmal ging sie Schutthäufen ab. Schleppte alles Metall, dessen sie habhaft werden konnte, zu den offiziellen Sammelstellen. Fürs Rote Kreuz strickte sie Socken und Quadrate, die dann zu Decken zusammengefügt wurden. Wenn ihr Sam dadurch nur schneller heimkäme.

Zur Kurskorrektur des täglichen Lebens, die der Kriegseintritt Amerikas bewirkte, zählte die erhöhte Zuwendung der Stadtbevölkerung zur Nutzgärtnerei: Um den Konservendosenkonsum einzudämmen und damit wertvolle Rohstoffe und Lebensmittel einzusparen, gärtnerte man in der amerikanischen Nation munterer als je zuvor und experimentierte mit den verschiedenen Methoden der Konservierung von Lebensmitteln. Man zeichnete und plante auch im Hause Hellmann einen sogenannten Victory Garden, wie es Präsident Roosevelt in seinen Kaminplaudereien fürs Radio empfahl, seit die Dosenrationierung den schnelleren Sieg herbeiführen half, und versuchte zu einem Konsens zu kommen, welchen Gemüsearten man in der Rabatte an der Südseite des Hauses denn den Vorzug geben sollte. Dabei stellten Hellmanns fest, dass Moidi doch nicht umsonst auf einem Bauernhof aufgewachsen war, denn sie hatte ein handfestes Wissen was Mischkulturen, Wachstumszeiten und Pflanzenfolge anging und wusste auch über die Lagerung von Zwiebeln und Endivien, Karotten und Rohnen Bescheid. Außerdem hatten die Schwienbacherischen immer einen ausgezeichneten Himbeersirup gemacht, den wollte sie hier auch versuchen. Und im Einwecken war Frau Hellmann bestens bewandert. Da würde man schon über die Runden kommen. Sie würden der Victory nicht im Wege stehen.

Als eines blauen Morgens das Telefon zwei Mal klingelte, bei dem Partyline-Anschluss, der mehrere Haushalte zusammenfasste, das Zeichen, dass das Telefonat für die Leute in der North Rodney Street Nr. 1311 bestimmt war, wurde ihr Leben noch um einige Nuancen reicher.

„Hier James McEntee“, sagte eine Männerstimme, „meine Frau und ich würden gerne mal unsere zukünftige Schwiegertochter kennenlernen. Wenn es recht wäre … heute Nachmittag? Gut.“

Ach so eine Überraschung, „aber ja doch und gern“. Und schnell noch die Diele gekehrt.

„Hier in Amerika waren wir doch alle mal Fremde, nicht?“, das sagte dann Sams Vater begütigend zu Moidi, als er mit seiner Frau („just call me Emily“) im Türrahmen auftauchte, und Moidi vornweg aus Bescheidenheit meinte, dass ihr Englisch leider noch nicht das Beste sei.

„It’s so nice to meet you, finally“, strahlte er. Habe er doch so viel Gutes von ihr, der Mary, gehört. Ihr wackerer Sam sei auf dem Weg zur pazifischen Front, mhm, das wisse sie wohl. Ja, sie hätten sich gedacht, da müssten sie schon mal … Äh, sie hätten von der schnellen Verlobung natürlich erfahren, Sam sei nämlich ihr Einziger, ein großartiger Junge. Er fehle ihnen wahnsinnig, aber andererseits seien sie auch extrem stolz auf ihn.

Kurzum, da erachteten sie es als ihre Pflicht, die Braut doch endlich willkommen zu heißen.

„Very nice here, lovely curtains", deutete Emily zu den Wohnzimmerfenstern hin, obwohl sie erst im Vorzimmer stand.

„Oh danke, bitte kommen Sie doch herein", sagte Moidi.

„Call me James", sagte Sams Vater mit ausgestreckter Hand zum Herrn und umarmte die Frauen und war so gesprächig, und ach, das sei wohl das Kind.

Sams Mutter nahm sich die überwältigten Ausländer ebenfalls an die Brust und war froh, dass Mary katholisch war, das Halskettchen nämlich habe sie verraten, aber sicher, wenn man aus Italien komme … Mit den Italienern hätten die Iren doch immer schon bestens harmoniert. Im Übrigen sei sie selber ja keine Irin, nein, ihre Eltern seien deutsch-französischer Abstammung. „Yes, I'm a little German", sagte Emily und lachte darüber wie über einen Witz und beugte ihren cremeweißen Nacken mit dem dunklen, ondulierten Kopf, auf dessen Scheitel eine omelettenförmige Kreation mit forsch nach hinten wippender Feder stak, über die Spielecke und war aufgeräumt und hob das pralle Kind auf.

Frau Hellmann wusste, was sich gehörte, brachte Tee und Kekse für alle und hieß sie sich hinsetzen auf die gepolsterte Landschaft um den Kaffeetisch, und Sams Vater sagte ihr ohne Einleitung, sein Sohn habe ihnen alles erzählt: „He told us everything."

So ein Schicksal. Man müsse dem Wahnsinn ein Ende machen, und Amerika sei bestens dafür geeignet. Schon bald werde alles wieder gut sein, sagte er in Anspielung auf Hitler und den Krieg.

Sams Mutter war absolut derselben Meinung, das stellte ihr nachdrückliches Nicken außer Zweifel. Sie (mit ihren dezent überschminkten Äderchen auf den Bäckchen und dem freundlichen Pink auf den Lippen) tätschelte Mary die Schultern, „so nice to meet you, finally", und nahm ihre Hände, ja der Ring, ein echter Smaragd, ob Sam ihr das erklärt habe? Schön klar der Stein, nicht? Das Stück habe sie für den Jungen aus ihrem Schmuckkästchen geangelt, grün sei doch die Farbe der Hoffnung, oder? Und sie hofften auf viele Enkelkinder. Emily drehte und knetete an Moidis Händen ohne Pardon, die war überwältigt von so viel Nähe und wusste nicht, wie dreinschauen.

Ein fleißiges Mädchen sei sie, wasche und bügle für andere Leute, aber hätte sie nicht Lust auf einen richtigen Job, der ihr auch eine Krankenversicherung garantierte? James, sie stupste Mr. McEntee in die Seite, könnte da mal mit dem Personalmanager in der Werft reden, jetzt, wo so viele Männer ausfielen, brauchten die junge, lernwillige Frauen. James arbeitete schon lange dort. Die böten flexible Schichtarbeit an, eine eigene Werkszeitung, Veranstaltungen, also solle er mal? Moidi war dankbar angetan und schwach vor Aufregung in einem über diesen neuesten Dreh, den ihre Geschichte zu nehmen versprach, wohin würde sie ausschlagen, wie hoch wachsen, welche Form würde ihr Geäst annehmen, welche Blätter oder gar Blüten! Richtig verdienen und etwas lernen, das gefiele ihr schon, und sie hatte sich noch nie so für voll genommen gefühlt und versteckte ihre Hände nicht, als ihre in Aussicht stehende Schwiegermama sie freigab.

Es dauerte nicht lange, da fing Moidi mit dem Segen von Hellmanns bei der Dravo Corp. an, schweißen zu lernen. Sie stand stundenlang, aber vorschriftsgetreu in Lederschürze, Schutzschild und Stulpenhandschuhen in den rauchigen Dämpfen und hatte gleich kapiert, wie sich vor der gefährlichen Längs- oder Querdurchströmung zu hüten. Inbrünstig erzeugte sie ihre Kurzschlüsse mit dem Werkstück, brachte Elektrode und Medium an der Kontaktstelle zum Schmelzen. Ja, nahezu leidenschaftlich ging sie ran an den unbesiegbaren Stahl und beherrschte ihn mit ihrem Lichtbogen und stand inmitten greller Lichtspritzer wie die Erscheinung der Unbefleckten. Bald bewältigte sie Stumpf- wie auch Kehlnähte tadellos. Sie kreierte und nähte zusammen, Landungsboote und Begleitschiffe für Zerstörer und U-Boot-Jäger, und war tüchtig und präzise, damit der Krieg schneller enden konnte. Dabei pfiff sie laut, das passte besser zur Arbeit als Singen, und beschämte die Muttergottes damit, aber scherte sich einen Käse darum. Und war nur, wenn sie in der Nacht aufwachte, ein bisschen unglücklich.

Emily half ihr, ein Bankkonto zu eröffnen. Irgendwann würde sie genug Geld beisammen haben, um studieren zu können, denn wer weiß, am Ende war es doch realistisch, Lehrerin zu werden. Diese Möglichkeiten! Ein ungeahnter Elan und Glauben an sich und ihre Zukunft wuchs in Moidi. Eine Zukunft mit Sam, der sie voll in ihrem Streben unterstützen würde. Am Ende dieses Krieges würde sie ihn dem Vater vorstellen: „Siehst du, Vater, es geht mir prächtig, ich habe einen braven Menschen gefunden, bin verheiratet, berufstätig, bist du mir noch gram?“ Sie stellte sich gänzlich von Vorurteilen befreite Eltern vor, Leute wie die McEntees, die sich nicht hinter irgendwelchen Ansichten verbarrikadierten, sondern die Arme weit offen hielten für das Leben, wie es daherkam.

Einen kleinen Teil ihres Verdienstes gab Moidi an den Haushalt ab, den Rest durfte sie sich auf die Seite legen für ein rosigeres Morgen, das sie für die Misere in ihrem jungen Leben entschädigen würde. Und eines Morgens im Jahr 1942 wachte sie auf und sagte dem Mädchen im Spiegel: „Ich. Ich.“

Zeuge davon wurde niemand außer der scheckigen Sykomore vor dem Fenster, und die kam nicht umhin zu grinsen.

Sam schickte zunächst jede Woche eine Karte aus dem Pazifik: hartes Training und nichts Genaues, denn die Details würden ohnehin vom Zensor herausgeschnitten, aber viel Liebe, und „vergiss mich nicht“, und „bald wirst du nicht mehr die Dreckarbeit machen müssen und im Overall, aber sogar in Overall und Kopftuch bist du schick, das bin ich sicher; demnächst bin ich wieder da und sorge für dich".

Dann aber verfrachtete man ihn in den aktiven Dienst, und die Zeitintervalle zwischen den Briefen wurden immer länger.

Die Briefe aus Europa wollten und wollten nicht kommen wegen diesem Krieg. Moidi schrieb trotzdem tapfer, auch von der Verlobung, und dass Frauen nur mutig sein müssten und aus sich etwas machen könnten, denn, siehe da, „eure ängstliche Moidi ist jetzt eine der besten Schweißerinnen in Wilmington und kann eine Familie erhalten mit den einunddreißig Dollar pro Woche, das ist gut, obwohl die Männer für die gleiche Arbeit doch viel mehr kriegen, also da gibt es sogar in Amerika noch Probleme mit der Gerechtigkeit, aber immerhin …, und schöne Grüße auch von Herrn und Frau Hellmann und vom Wolfi, so ein lieber Bub".

Manchmal kam dann doch Post zurück aus Übersee, eine vertraute Handschrift auf einem Rotkreuzkuvert, die Freude und Angst durcheinander purzeln ließ und zitternde Finger verursachte, sodass der Umschlag beim Öffnen mehr als nötig zerriss. Die Mutter und Stasi schrieben ganz kurz, nur wenige Zeilen waren erlaubt, und dass der Vater sie grüßen lasse, und Camoscia habe wieder ein Junges. Und gesund seien sie alle. Die kleine Stina schnattere schon wie ein Buch. Und hoffentlich, ja hoffentlich sei in ein paar Wochen der böse Zauber vorbei. Dann versuchte Moidi noch das eine und andere zwischen den Zeilen herauszulesen, aber so sehr sie auch molk und drückte, mehr gaben die nicht her. Also eine Stina gab es, das musste die neue kleine Schwester sein, und Camoscia war nicht verkauft worden. Und alle gesund, stand im Brief, das war das Wichtigste. Also es schien, dass bislang weder der Vater noch Florian einrücken musste, aber wer weiß, die Post war ja unmöglich langsam, wenn sie überhaupt ankam. Und über Politisches Auskunft geben, über die Faschisten oder die Nazis oder die Situation im Lande, das durfte man nicht.

Aus den paar Wochen Krieg wurden Monate. Hier und dort tauchten in den Fenstern der Häuser in Wilmington goldene Sterne auf, mit denen angedeutet wurde, dass ein Familienmitglied fürs Vaterland gefallen war.

Moidi hielt Sam im besorgten Herzen und immer seinen letzten Brief in der Handtasche. Sie las jedem, der zuhören wollte, mit feuchten Augen daraus vor und schickte ihrem Schatz jede Nacht den großen Wagen über die Milchstraße voller heißer Küsse.

Nach einem harten Arbeitstag ging Moidi schon mal mit ihren Freundinnen von der Werft das Leben genießen in das Pub an der Water Street. Vor allem am Freitagabend gingen sie aus, frisch vom Friseur, eng gedrehte Lockenhauben auf dem Kopf und die rot gemalten Lippen forsch wie eine Aufforderung. Die Neonbeleuchtung, der Benzingeruch, das Pulsieren und Drängeln der Stadt, die immer wieder neue Häuser aus dem Boden schob und über den Stadtrand hinaus, taten ihr Übriges, Moidi mit blitzenden Energien zu laden. Sie ließ sich von niemandem etwas sagen, amüsierte sich prächtig mit frisch gebügelten Männern, die alt genug waren, im Großen Krieg gewesen zu sein, und den Jungen, die bebten wie die Ährchen am Zittergras, und so grün waren sie auch, so eifrig.

Von den Protestanten, Baptisten, Juden, oder wie die ganzen Ausgestoßenen ihrer Kirche sich sonst noch nannten, kurzum von denjenigen, die daheim außerhalb der Friedhofsmauer verscharrt wurden mit den Selbstmördern, hielt sie sich nicht fern. Wenn das die Mutter wüsste, ihr Herz würde ihr im Leib zerspringen, oder wie das im Märchen hieß.

Ende Februar 1943 ging Moidi anlässlich Washingtons Geburtstag zum Ball im Vereinshaus des Deutschen Sängerbundes. Der Schnee fiel flauschig und zerzaust, als Sarah, Jeanne und Yvette mit ihr munter die Stufen zum Eingang hochstapften. Die eine und andere Flocke torkelte zu Boden wie ein besoffener Südtiroler Bauer am Faschingsdienstag, hier in Amerika wurde jedoch in der German Hall kein Alkohol ausgeschenkt. Am Eingang zahlte jedes Mädchen die fünfundsiebzig Cent in US Defense Stamps, und half somit, den ersten US-Präsidenten und die erste Demokratie in der modernen Welt zu ehren und zugleich auch diesen Krieg zu finanzieren. Obendrein wurde ihnen ein gutes Abendessen serviert in Form von Würsten, Sauerkraut, Kartoffelsalat und als Nachtisch Schillerlocken, bereitgestellt von Eugene Kachelmus vom Delikatessengeschäft. Die Edelweißgruppe spielte eine flotte Polka nach der anderen und schwungvolle Walzer, und die Mädchen streiften ihre Schuhe ab und tanzten miteinander, mussten sich dann aber plötzlich und ganz ohne Vorwarnung um eine weinende Moidi kümmern. Der roch und klang das Fest zu sehr nach Heimat. Die Heimat tat ihr plötzlich wieder weh und sie hatte geglaubt, sie sei abgedorrt und schmal geschrumpft und in der untersten Schublade ihres Herzens vergessen, aber sieh da, begossen mit den Wermutstropfen der Erinnerung quoll sie wieder auf, schwoll an wie ein Schwamm und heischte um Beachtung.

So verging die Zeit. Moidi hatte ihre Höhen und Tiefen und wartete und behauptete sich und hoffte. Der Winter war in Wilmington launisch, mal genügten ihm leichte Jäckchen, mal wälzte er das Land vom Atlantik her platt mit aufgedonnerten Schneewolken und fror es zu mit seinem arktischen Gebläse. Der Frühling war schmächtig und schüchtern zwischen den anderen Jahreszeiten eingekeilt und hatte nur wenige süße Tage anzubieten, da war er auch schon vom großen Sommer mit der wütenden Hitze verdrängt.

Und jeden Herbst wurden die Sykomoren braun und gelb und der Ahorn orangefarben und schließlich rot, so rot, dass Moidi es mit der Angst zu tun kriegte.

Die Werbetrommel der Regierung hörte nicht auf, im Radio zu schwätzen, jeder Mann, jede Frau und jedes Kind werde gebraucht in Amerika an der Homefront, und spielte auf die Entbehrungen an, die die Rationierung mit sich brachte. Werdet nicht müde, hieß es, jede Mühe für das Vaterland mache sich bezahlt, und winkten mit dem Lorbeerkranz. Inzwischen war sogar Pferdefleisch im Nu ausverkauft. Benzin war nur schwer zu kriegen, auch Autoreifen, deshalb mottete schon mal der eine oder andere Bekannte seinen Wagen bis auf Weiteres in der Garage ein. Man sah immer mehr Autos mit hölzernen Stoßstangen, das ging auch. Und die Nylonstrümpfe wurden so rar, dass die Frauen jammerten, aber das nützte nichts, man brauchte das neue Material eben für Fallschirme und Taue. Da blieb nichts anderes übrig als zu simulieren: Der Kohlestift musste her, damit schnell eine schöne lange Linie von den Fersen bis weit unter den Rock gezogen, fertig.

Der Herr Hellmann musste öfters nach Seaford, das zwei Zugstunden weg im Süden Delawares lag, ein Bauern- und Fischerstädtchen am Nanticoke River, wo eine nagelneue Textilfabrik aus dem Boden gestampft worden war und wo man bei den Burton Brothers auf der High Street die besten Angeln mit Zubehör kriegte (was ihn und den Wolfi besonders interessierte). Ja, den Herrn konnten sie vorläufig noch in der Firma wegen dem kriegsbedingten Männermangel an der Homefront ganz gut gebrauchen, im Gegensatz zu den Japanern, die eingesperrt wurden wie die Juden in Italien. Auch die

Schneidergast-Sophie, eine Bekannte von Moidi, brauchte man nicht mehr in der Werft. Die hatte man vom Schweißen weggeholt, und sie war nie wieder zurückgekommen. Aber jemand wusste, dass sie mit ihren Eltern und Geschwistern auf Ellis Island interniert worden war, weil sie aus Deutschland stammten und man Deutschen ebenso wenig traute wie Japanern. Den Signor Balduccelli vom St.-Anthony-Hügel schien es auch erwischt zu haben. Wie die Signora Moidi unter Händeringen erzählte, war die Geheimpolizei da gewesen und hatte ihren Mann zum Verhör abgeholt, gestern früh, und bis dato nicht gehen lassen. Und die Neger, kam Moidi zum Schluss, hielt man sich auch immer eine gute Armlänge vom Leib und ließ sie am liebsten die Dreckarbeit machen. So war Amerika. Auch nicht alles Gold, was glänzt.

Der Herr Hellmann kümmerte sich an den Wochenenden rührend um Wolfi („wir Männer") und öfters sogar an Werktagen nach der Arbeit und ging mit ihm hutschen oder Minigolf spielen auf der leeren Parzelle von 4$^{th}$ und Pine Street: Ein Paar Stöcke und ein Ball war alles, was sie brauchten und kamen verschwitzt und rotwangig heim. Wolfi entwickelte eine zarte Affinität für ihn und nannte ihn Papa. Moidi aber wollte sagen: „Wart, Papa wird noch mal Sam, denn wenn er wieder kommt, dann heiraten wir, und ich bin erlöst von der Schande und darf dich zurück haben, und wir sind eine Familie."

Aber ihr Herz war noch ein linkischer Knoten in ihrem knospenden Wesen, und sie sprach nicht aus, was in ihr keimte.

Der Junge war ohne Zweifel froh und malte stolz den Anfangsbuchstaben seines Namens mit Kreide überall hin: W auf dem Gehsteig, W auf der Veranda, W auf dem Stamm der Sykomore vor dem Haus. Und als ihm Moidi hoch im Norden der Nacht das große Himmels-W zeigte, war er außer sich vor Freude. Ich bin überall, sagte er, und drehte sich 360 Grade, grinste mit seinem Apfelgesicht, blinzelte und konnte den Lehrer nicht ganz verleugnen.

Sam ließen die Kriegsmacher nur einmal auf ein paar Tage heim, da war er matt und wenig gesprächig und so durstig nach Moidi, so durstig, und er wollte seine Braut in einem Zug austrinken.

„Sam, Sam", musste sie ihn rufen, „wenn du so weitermachst, bin ich bald nicht mehr, komm, lass uns im Brandywine Park die Jungen mit der Jukebox finden und mit ihnen den Jitterbug tanzen!"

Aber danach war ihm nicht zumute.

Dann war er wieder weg, der Verlobte, und schrieb ganz nach Vorschrift nichts Genaues und trieb Moidi ins Kino, wo sie sich den Krieg selber anschauen konnte. Im Aldine auf der Market Street sah sie die Fratzen schneidenden Diktatoren, böse, so böse. Aber die Amerikaner schritten in die wallenden Fahnen hinein, ihren Blick fest und stark in der Zukunft verhakt, prächtige, glorreiche

Kompanien mit blitzenden Helmen und Kriegsgerät, und die Sonne kälberte über ihnen und brachte Scharen gleißender Flieger hervor. Die Frauen emanzipierten sich und sahen blendend aus in den Berufen der Männer, und die Mütter hatten Tränen des Stolzes in den Augen, wenn sie ihre Sprösslinge und Ehemänner so sahen, ja, Moidi auch. Die in Washington werden den Frieden und das Recht schon wieder herstellen, die.

# 13

Schließlich schiffte sich im Oktober 1943 ein längeres Briefchen von der Schwienbacher-Mutter nach Amerika ein, in dem stand:

„Wir sind wieder deutsch! Stell dir vor, wir dürfen wieder sein, wie wir immer waren, endlich wieder frei und offen deutsch! Maria, du kannst dir die Freude gar nicht vorstellen …"

Sie sprach von einem „Freuden-Auflauf im Dorf", als wäre der schöne Spätsommertag auf dem Hochplateau in ihrer Küche entstanden und die einmarschierenden deutschen und österreichischen Soldaten die Kirschen in ihrem Lieblingsgericht. Der Tag sei prächtig gewesen, gerade dass die Sicheln nicht an den scharfen Sonnenstrahlen hängen blieben, als die Schnitterinnen sie in den Hafer warfen und ins Dorf hinunterstürzten. Von überall her seien die Leute zusammengerannt und hätten mit den Soldaten die von den Faschisten verbotenen Heimatlieder gesungen. Die älteren Leute hätten geweint, weil sie das noch erleben durften, dass Südtirol wieder deutsch war. Die vom Dorfladen hätten ihr halbes Inventar auf den Platz hinausgestellt, großzügig waren die, und spontan sei es dann ein Fest mit Wurstbroten und Wein und vielversprechenden Busseln für die Soldaten geworden, so schneidig, und Blumen für die Gewehre. Nur der Vater sei mürrisch gewesen und habe sie, die Mutter, und auch seine Kinder und Angestellten verdrossen auf das Feld zurückgeschickt. Jetzt kommt auch bei uns der Krieg, habe er gesagt, ihr werdet es schon sehen. Aber die Piazza delle Erbe in der Stadt dürfe wieder Obstmarkt heißen, schrieb die Mutter, und die Piazza Vittorio Emanuele III wieder Waltherplatz, und sie hoffe, dass man das Waltherdenkmal auch bald wieder zurückstelle auf seinen angestammten Platz.

Hellmanns gefiel der Brief der Mutter gar nicht. Sollte es den Südtiroler Juden denn nun anders ergehen als den österreichischen Juden nach dem Anschluss? Sie bekamen jedoch Nachricht, dass der alte Hellmann in Verona weilte und sich dort sicher fühlte. Aber aus Meran war schon lange kein Wort mehr gekommen. Dass es sich in Palästina leben ließe, hatte die Familie Sugar schon im letzten Jahr verlauten lassen, auch dass sie hoffentlich bald in der Lage seien, ihr eigenes Geschäft zu eröffnen. Und ihr Junge sei an einer guten Schule. Ihr neuester Brief im November 1943 war allerdings ein Schlag ins sorgsam konstruierte Gebäude der Hoffnung, denn Frau Sugar berichtete, dass sie von Bekannten aus Tirol erfahren habe, dass man dort alle Juden deportiert und wohl umgebracht habe, und, so fuhr sie fort, auch aus Südtirol müsse man sich auf die schlimmsten Nachrichten gefasst machen, denn die dortigen Einheimischen kollaborierten besonders eifrig mit den Deutschen. Also beschlossen Hellmanns in ihrer Not, eine Anzeige aufzugeben, wo sie ihre Anschrift und Lebensumstände angaben mit einer Notiz, dass es ihnen gut gehe, dass sie sich aber Sorgen machten über den Verbleib von soundso und soundso, man möge sich doch bitte melden. Ja vielleicht fruchtete das etwas.

Als Moidis Schwester Stasi gar schrieb: „Unter den Deutschen marschieren wir, wie unter den Faschisten, aber viel schneidiger, weil die Deutschen viel mehr Schmiss und Ordnung haben als die Walschen. Statt der Balilla-Uniform dürfen wir alle unsere weißen Stutzen und Dirndln und Lederhosen tragen und haben ein Hakenkreuz-Wappen in der Schule und pflegen das deutsche Lied“, da schauten der Herr und die Frau sich entsetzt an. Aber Papier war geduldig, nicht wahr, und nichts Genaues weiß man nicht.

Aber es gab noch eine andere Sache, die Moidi irritierend fand: Warum redeten sie sie in den Briefen mit Maria an? War sie ihnen so fremd geworden oder verlangte dieses ihnen ungewohnte Medium der Kommunikation eine formellere Anrede? Nun ja, Moidi war schon ein etwas ungehobelter Bauernname. War sie nicht zu höherer Kultur gekommen, hatte eine Ausbildung in der Tasche und sprach neben Deutsch auch Italienisch und jetzt fließend Englisch. Aber eigentlich, im innersten Herzen würde sie immer eine Moidi bleiben, das ließ sich wohl kaum verleugnen, das war wie mit dem Motor einer Maschine, der auch von den verschiedensten Gehäusen in den verschiedensten Farben und Formen umkleidet sein konnte und doch im Wesentlichen der gleiche blieb.

Mit den Briefen war das immer so eine Sache. Sie beschworen Bilder, Gefühle, Gerüche herauf, die man ganz unten im schwärzesten Keller der Seele abgestellt hatte. Dort waren sie eingeschlafen über dem amerikanischen Alltag mit dem quirligen Kind. Und da ließ man bei der Dravo das erste Landungsboot, die LSM 201, vom Stapel laufen und hatte in der werkseigenen Zeitung „Slant" ein Foto von der Schweißerin Mary Schwienbacher aus Italy, dem wieder geschätzten Italy, denn es war neuerdings auf Amerikas Seite. Und so weiter. Eine Aufregung nach der anderen. Sam und Sams Eltern. Die Planung der Hochzeit gleich nach dem Krieg. Moidi hatte vor, ihre Eltern herzuholen, im Winter, wenn am Hof weniger zu tun war. Konnten doch Florian und Joss aufs Vieh schauen.

Aber diese Briefe von zu Hause durchbrachen die Distanz, die der Fluss der Zeit und die Entfernung zur Heimat aufgebaut hatten. Sie krachten in die Kellerkammern der expatriierten Seelen hinein und erschütterten und rüttelten die Inhalte wach, sodass es Moidi wie Schuppen von den Augen fiel: Da standen plötzlich die Mutter, der Vater, die Geschwister leibhaftig da mit ihren Arbeitsschürzen, blau, wie nichts in der neuen Welt. Und der Vater hatte ein Stoppelfeld auf den Wangen. Und die Mutter inmitten der Küchendämpfe, so würzig. Und das

Land der Kindheit war vielfach verkrumpelt, ausgebuchtet, bis zum Himmel hinaufgebogen und grün und blau und geduldig. Hatte Geschichten über Geschichten in seinen Falten gespeichert, die aus Moidis Gedächtnis kollerten wie vielfarbige Specker. Das Erinnern war wieder einmal eine Quälerei geworden und wehte wie eine leichte Gardine vor dem geöffneten Fenster in die täglichen Verrichtungen herein. Ach, wenn man nur schnell mal daheim nachschauen könnte. Stattdessen blieb Moidi nichts anderes übrig, als ihr Gesicht in das geblümte Tuch zu drücken, das ihr die Mutter an dem trübseligen Weihnachten in der Stadt geschickt hatte, ihrem ersten Weihnachten weg von daheim. In der feinen Wolle nistete noch immer wie ein fernes Echo der Geruch nach Mottenkugeln in Mutters Schubladenkommode.

Die Frau Hellmann schluchzte oft auf ihrem Bett, diese Angst um ihre Eltern, und der Herr plusterte in seinem goldenen Käfig grimmig und hilflos die Federn. Aber das Kind flickte die Aufgelösten irgendwie zusammen. Nass, sagte es und griff ihre Gesichter ab. Es wusste nichts vom Leben und machte sie in seiner Unschuld lachen, wollte Hoppe Reiter spielen oder brachte den Ball, oder man musste mit ihm zählen gehen, wie viele Knöpfe sind auf der Jacke, wie viele Stufen hat die Treppe, oder lesen, und nie genug hatte es vom Singen.

Am 27. Oktober 1944 kam Präsident Roosevelt nach Wilmington und versprach von der hinteren Plattform eines Zugs von der Baltimore und Ohio Railroad baldigen Sieg und Frieden und Wohlstand für alle.

„Help my family", wisperte der Herr Hellmann dort auf dem Bahnhof auf Delaware Avenue und Dupont, er wollte nicht auffallen, auffallen war für Juden nicht gut, doch er kam ohnehin nicht gegen das Lärmen der Menge an. Aber Moidi hörte ihn ganz deutlich und war gerührt von seinem aufgerissenen Gesicht. Zwischen den zahlreichen Bannern („Mr. President Wilmington Welcomes You", „Delaware for Roosevelt", „Wilmington Welcomes F.D.R."), den Fähnchen und den auf- und abtauchenden und hin- und herschwankenden Köpfen und Hüten waren sie nur Teil eines wurlenden Haufens. Sie konnten nichts ausrichten und mussten sich mit kurzen Blickausschnitten auf die Gestalt des Präsidenten begnügen.

Zu Thanksgiving Ende November kam Sam auf eine Woche heim, aber dann wurden es doch nur drei Tage, so pressierte der Krieg. Seine Mutter hatte von weiß woher einen großen Truthahn organisiert und machte Kartoffelpüree dazu und den hartschaligen Winterkürbis mit dem gelben Fleisch vom eigenen Victory Garten. Sie lud die Braut ihres Sohnes samt deren Haushalt zum traditionellen Festessen ein, bei dem sich ganz Amerika Freund ist. Frau Hellmann brachte ihre eingelegten Bohnen und Zucchini mit, und der Herr rief mit seinem Päckchen Kaffee, das er von den New Yorker Verwandten zum Geburtstag erhalten hatte, wahre Freudentänze hervor.

Moidi steuerte einen gedeckten Apfelkuchen bei und Wolfi schöne Zeichnungen: für Mr. McEntee ein Flugzeug, für Mrs. McEntee ein Radio und für Sam ein Schiff. Ja, und mit dem musste der wieder ab auf den südpazifischen Kriegsschauplatz, aber nicht mehr lang, man sah schon das Ende, und dann wäre Hochzeit.

Also wiegte das Meer Sam wieder in den Schlaf und schaukelte ihn hin zu den nächsten Aufträgen. Im Februar 1945 bestieg seine Einheit in Hilo auf Hawaii das LST 779. Wohin es ging? Vielleicht nach Formosa, und falls sie das überlebten, nach Japan. Sie durften an Deck schlafen und ließen sich von der quäkenden Musik, die die DJs aus ihrer bescheidenen Plattensammlung für sie aussuchten, in eine andere Welt transponieren, wo Mädchen eine große Rolle spielten. Ach Mary, du mit dem krausen Haar. Doch immer wieder zerschnitten Durchsagen ihre Tagträume. Manchmal glaubte der Beobachtungsposten im Krähennest das Periskop eines japanischen Unterseeboots zu sehen und versetzte das ganze Schiff in eine unausstehliche Überreiztheit, bis sich das feindliche Objekt dann doch nur als ein fliegender Fisch entpuppte. Nach einigen Tagen, Sam war übel im Magen, und er wollte nur runter vom Schiff, nur festen Boden unter den Füßen, da wurde ihnen ihr nächstes Ziel präsentiert: die vulkanische Insel Iwo Jima, nur siebenhundert Meilen von Tokio entfernt, auf halbem Weg zwischen den Marianen und Japan. Die USA hatten mit ihren B-29-Bombern Tokio bombardiert von den neuen

Basen auf Saipan und Tinian aus, seit sie sie im Juli eingenommen hatten, wurden aber immer wieder von japanischen Fliegern unter Beschuss genommen, die auf Iwo Jima stationiert waren. Dieses kleine Schweinskotelett von einer Insel, ganze acht Quadratmeilen groß, galt es nun zu besetzen, das hörte sich nicht so schlimm an. Die amerikanische Rechnung würde aufgehen, und dem Marsch auf Tokio konnte nichts mehr in die Quere kommen. Ja und nach Tokio wäre der pazifische Krieg aus. Dann könnte das Leben endlich wieder weitergehen.

Die Flieger bereiteten die Invasion schon vor, stürzten aus dem Himmel und spien Bomben aus, dann setzten die großen Geschütze der Kriegsschiffe ein und brachten Iwo Jima zum Rauchen. Schließlich flossen die Soldaten an Land. Der Gefreite Sam war in der ersten Welle der Marines, die in den körnigen schwarzen Sand sprangen und versuchten, einen Graben aufzuwerfen. Aber der Sand, der stank und voller Flöhe war, rutschte immer nach. Sie verschanzten sich in Bombentrichtern, das ging besser, krochen, sprangen, schossen und warfen, und die vielen kleinen Leben gerieten ins japanische Feuer und Getöse, und manche unter ihnen waren bald ausgelöscht. So ging das tagelang. Wer übrig war, kämpfte sich weiter, höher, denn der Vulkan Suribachi musste erstürmt werden. Wie ein Geschwür wuchs er aus der Südspitze des Eilands, durchlöchert wie ein Schweizer Käse: Die Höhlen und Tunelle, die ihn durchzogen, dienten den Japanern als Erste-Hilfe-Stationen, Kommandozentralen,

Munitions- und Versorgungslager. Und wiederum fielen viele, aber andere schafften es doch. Die stießen schließlich am vierten Tag die Stange mit der US-Fahne in die Kuppe des Berges, das war am 23. Februar 1945, dort mochte sie nun flattern in den fauligen Schwefeldämpfen, die den Rissen des Bodens entstiegen. Suribachi, dich geben wir nicht mehr her, johlten die Soldaten, aber das hörte Sam schon nicht mehr, und schnaubten und killten und wurden gekillt und wurden von den nachfolgenden Stiefeln in den Boden gehämmert und pflasterten die Insel, auch Sam.

In und um Wilmington war Mitte März der Winter versprengt worden von südlichen Lüftchen. Er kauerte sich gerade noch unter einer Brücke hin und in schattige Mulden hinein mit seinem Eis. Der Frühling stieß sonst überall seine Hörnchen ungestüm durch den Boden und durch die ausgebleichten Matten von braunem Gras und Laub, schwoll in den Zweigen der Bäume und Sträucher und auch in den Kehlen der Frösche in den Auen am Brandywine River. Er federte den Schritt von Moidi, als sie mit Wolfi an der Hand Sams Eltern einen kleinen Sonntagsbesuch abstatten ging. Ein guter Tag, mit dem Kind ein Lied zu trällern auf dem Weg die Sykomoren-Allee entlang bis zu den Reihenhäuschen in der Gilpin Street, jedes mit seinen drei Ziegelstufen zum Eingang hinauf, und da, die Nummer 56 hatte den goldenen Stern im Fenster. Moidi glotzte. Wolfi sang weiter, aber dann riss ihn seine Mutter mit sich, und sie stürmten die Haustür und ließen den Drücker der Klingel erst los, als Emily und James in der Tür standen mit ihren leeren Armen und Gesichtern. Da wusste es Moidi mit Sicherheit, ihr Sam war ein goldener Stern geworden am patriotischen Himmel Amerikas und kam nicht mehr zurück.

# 14

„Lasst mich, lasst mich sein. Der Regen erzählt. Lasst ihn reden. Geschichten.

Halt, warum kitzelt ihr mich. Tropfen aus Wolken von Zuckerwatte. Bist du's, Sam?

Im Feld von Papierblumen liegen. Den violetten Himmel anschauen. Die Sonnen. Rollen herum mit Schweifen von Glut. Peitschen um sich.

Drachenköpfe. Und Blut quillt von den Löchern im Gesicht und tropft, tropft.

Erlöst mich. Wie hab ich das verdient. Wie kann ich das aushalten.

Eine eiserne Brust hat der Krieg. Kein Herz schlägt da drin, kein Herz.

Ich hab Angst vor der Nacht. Wenn es still ist, kommen die Geister und treten mir in den Magen … Mir ist schlecht …

Herrgott. Hilf."

Sie wälzte sich, ganz aus dem Häuschen, die Moidi, redete giftig daher mit ihren verirrten Augen, schob das

Kind weg, benahm sich absonderlich, aß nichts und machte Herrn und Frau Hellmann Sorgen. Aber nach fünf, sechs Tagen kam sie ernst und spitz im Gesicht aus den dunkelsten Verliesen des Schmerzes hervor. Dann spazierte sie öfters zum Fluss, doch der trieb dahin und brachte keine Linderung, und zum Brunnen der Josephine Tatnall, und staunte über das hüpfende Kind, so unbeschwert war es. Halbstarke Blättchen in aufgeregtem Grün trödelten bereits in manchen Baumwipfeln herum, und die geschwollenen Kirschenblütenknospen würden bald aufbrechen, und die Frösche, ach die Frösche pfiffen und schnarrten in die milde Luft und waren froh, dass Wasserläufer und Spinnchen wieder die Tümpel bevölkerten. Moidi ging durch den Kopf, wie unabhängig die Natur doch war vom Wohlbefinden der Menschen, so abscheulich unabhängig, hatte ihre Launen und ging einfach ihren Lauf, beständig, ohne eine Rückantwort abzuwarten! Aber gerade diese Sorglosigkeit war letzten Endes wie eine Orientierungshilfe, ein Wert, verlangte von der Zurückgebliebenen, dass auch sie ihre Pflichten erfüllte als Teilhaberin an diesem System, wo man starb oder lebte und wusste nicht, warum.

Moidi machte wieder bei der Dravo weiter. Lustlos, allerdings. Sams Tod war der Beweis dafür, dass Kriegsschiffe wirklich nichts brachten. Auch wurden wieder mehr und mehr Männer aus dem atlantischen Krieg in die Heimat geschwemmt und wollten ihre alten Jobs bei der Werft zurückhaben, was die Führung ihrerseits veranlasste, den angestellten Mädchen klar zu machen, in Friedenszeiten wäre der Platz der Frau doch in der Familie. Dieser Meinung war Moidi inzwischen nicht mehr. Dass zudem die Männer für die gleiche Arbeit ein Drittel mehr verdienten als sie, das fand sie unerhört.

Sams Mutter kümmerte sich in den ersten paar Monaten um Moidi, tauschte mit ihr Erinnerungen an Sam aus, trauerte mit ihr. Manche von Moidis Ideen jedoch registrierte sie mit Befremden. Wenn Sams Mary gar von Boykott redete, um eine gerechtere Bezahlung zu erpressen, witterte sie ein höchst bedenkliches Abrutschen des Mädchens in Richtung Kommunismus. Man wisse ja nie bei diesen Ausländern, was sie da ausbrüteten, irgendwie blieben sie immer etwas unscharf, fremd eben, dachte Mrs. McEntee, und schlussendlich bildete sich in ihr die Meinung, dass es vielleicht doch besser wäre, sich von der in Aussicht gewesenen Schwiegertochter zu distanzieren.

Der europäische Krieg war am 8. Mai 1945 endlich zu Ende. Nun konnte der Sieg über die Japaner nur noch eine Frage der Zeit sein. Dann nichts wie wieder zurück in die gewohnte Normalität, und die Lücken in den eigenen Reihen würden bald geschlossen sein.

Ja, man war auch in Amerika müde vom Krieg, vom Warten, vom Hoffen auf ein normales Leben und von der Angst, dass jemand, den man gern hatte, nicht mehr zurückkam. Die Rationierungen waren lästig geworden, die ehrenamtlichen Aufgaben in den Spitälern und Soldatentreffs mühsam und auslaugend, der goldenen Sterne in den Fenstern zu viele. Und immer diese weißen Rüben aus dem Victory Garten („food fights for freedom"). Aber Bombentrichter gab es in den Städten am Festland keine zu befürchten. Da konnten die Kinder ohne Angst in die Schulen gehen und die Hausfrauen ihre Apple Pies machen, wenn auch mit dem Zucker zu sparen war. Die Wachtürme entlang der Atlantikküste sahen statt der feindlichen Schiffe nur die mattgrauen Rücken von Delfinen die Wasserflächen durchschneiden, und die Möwen, wie sie auf den Wellen schaukelten, und hier und dort einige gallertige Leiber von gestrandeten Nesseltieren, oder Pfeilschwanzkrebse, die sich zur Fortpflanzung aus dem Meer und über den Sand am Ufer schleppten mit ihren braunen Panzern und Schwanzstacheln.

Anfang Juni, Moidi hatte am Vortag die zerschmetternde Nachricht erhalten, dass ihr Bruder Florian gefallen war, näherte sie sich auf dem Heimweg von der Arbeit einer Menschenansammlung am Rodney Square. Da stand ein abenteuerliches Gefährt vor der Delaware Trust Bank. Es war Cyclops, ein Fahrzeug, das in Nordafrika aus Resten deutschen Kriegsgeräts zusammengebastelt worden war und das man nun durch Amerika schickte, um Kunden für die 7. Kriegsanleihe anzuwerben. Moidi hatte schon in der Zeitung davon gelesen. Seine höckerige Schnauze bestand aus vielen zusammengenieteten Metallstücken. Ein einziger Scheinwerfer war mitten drin wie ein einäugiges Monster und starrte Moidi an und spannte hinter der Fahrkabine seinen metallenen Buckel, als wäre es dran, sie anzuspringen mit allen Gräueln des Krieges, die es in den Blechflicken gestrandeter Panzer, abgeschossener Flugzeuge und ausgebrannter Lastwagen konzentriert hielt. Die Aura des Schrecklichen, die das Gefährt umgab, sickerte durch die mühsam zusammengehaltene Fassung, um die sich Moidi seit Sams und nun auch Florians Tod bemühte. Sie versetzte Moidi in eine starre Immobilität, die die Bankangestellte in Kostüm und mit Schreibblock gleich als Zeichen großen Interesses fehlinterpretierte. Sie befleißigte sich, Moidi eine Fahrt anzubieten, wenn sie ein Hundert-Dollar-Bond von Delaware Trust kaufen würde. Man stelle sich vor, auf dieser Kriegstrophäe eine Runde drehen, wäre das nicht großartig, und damit unseren Boys im Pazifik schneller siegen helfen. Noch brauche Amerika ihre Hilfe, ja so eine Gelegenheit böte sich bloß noch diese Woche. Und das Bankfräulein deutete auf das große Poster auf dem Ständer neben dem Cyclops und zeigte ihre perlweißen Zähne, als sie lächelnd erklärte, dass dieses Poster den Sieg über Iwo Jima zeige. Eine riesige blutrote Sieben: „7$^{th}$ WAR LOAN“ stand vor einem flammenden Inferno geschrieben. Im Vordergrund waren vier Soldaten damit beschäftigt, eine Fahne in den steinigen Boden zu rammen. Sie waren ganz konzentriert. Es gab für sie im Augenblick nichts Wichtigeres als die Fahne, obwohl hinter der Felsenkuppe, auf der sie sich befanden, die Welt brannte. Ja, tatsächlich waren sie wohl eingekesselt von der Feuersbrunst, denn auch auf ihren Rücken, die dem Betrachter zugekehrt waren, auf den Uniformen, den Helmen, den metallenen Gegenständen am Gurt, flackerten diese schrecklichen Irrlichter einer höllischen Glut, und der Letzte der vier, er war etwas kleiner als seine Kameraden und reckte sich tapfer, so groß machte er sich, Leib und Leben streckte er der Fahne hin …

„Iwo Jima! Das ist Sam!", schrie Moidi plötzlich. Ein Blitz war in sie gefahren. Sie zeigte auf das Poster, „so dumm, so dumm diese Jungen, schaut nur", und schlug die Hände vors Gesicht, denn die Leute waren auf sie aufmerksam geworden, aber sie wusste nicht mehr aus oder ein.

Als sie jemand beim Ellbogen anrührte und auf sie einredete und wegzuführen trachtete, nahm Moidi die Hände vom Gesicht. Ja, es war nass. Sie sah die Leute an mit bösen Augen. Drohend und laut genug, dass es die Umstehenden hören konnten, knurrte sie: „No more bonds and no more war", und rüttelte sich frei von der helfenden Hand. Die Menschen traten zurück, damit sie passieren konnte, und Moidi sagte jedem, der sie ansah, brüsk: „No more bonds and no more war." Sie hatte nicht einmal ein höfliches Lächeln übrig.

Wie sie so mit verschmiertem Gesicht nach Hause gestolpert kam, gefiel sie Frau Hellmann gar nicht. Die steckte das Mädchen zunächst mal ins Bett, das konnte nicht schaden, und machte ihm Kamillentee, so verweht war es. Als am Abend der Herr von der Haltestelle der Elektrischen heimging, lief ihm die Frau entgegen und ließ ihn erst gar nicht ins Haus, sondern setzte sich mit ihm auf die Terrasse und beriet sich mit ihm. Dann gingen die beiden zu Moidi ins Zimmer und schauten sie sich an, wie sie so schmächtig dalag, und meinten zu ihr, wie wäre es, wenn sie in ein paar Monaten nach Hause führe. Sie wäre doch wohl sehr angeschlagen vom Verlust, den sie erlitten hatte: zuerst der Verlobte, dann der Bruder. Die Passagierschiffe nach Europa würden sicher bald wieder verkehren, sonst müsste man schauen, dass man auf einem Truppentransporter einen Platz bekäme. Hoffers in New York wären diesbezüglich sicher behilflich.

Und während die Frau und der Herr redeten über die belebende, regenerierende Macht der Heimat und sich ein konkreter Plan zu formen begann, setzte sich Moidi kerzengerade auf in ihrem Bett, um die flauschigen Reminiszenzen an eine geborgene Kindheit zuzulassen: Sommerwiesen durchgebürstet von blauen Windchen, die Mutter an der Wäscheleine, Käferprozessionen an der Hausmauer, das Scharren der Hühner im Hof, Roggenbrotfladen und kuhwarme Milch, die schnaubende Luft im Stall. Sie war entzückt von dem Gedanken, einfach so mal schnell heimzugehen. Allerdings war sie aus dem Paradies verstoßen worden, Jahre waren das nun her, und ihr Fall von der elterlichen Gnade war ein hartnäckiger Schmerz in ihrem Bewusstsein. Aber wie sie sich so ein wenig durchhängen ließ, wurde ihr klar, wie tröstlich der Gedanke an zu Hause war. Sie würde ja nicht lange bleiben, schließlich war sie nun erwachsen und wollte ihr eigenes Auskommen haben. Aber je mehr sie sich zu erinnern erlaubte, umso stärker kam ein vielfarbiges Heimweh zutage, insbesondere auch ein Heimweh nach der Landschaft, das sie weggesteckt und in den Furchen der Seele verborgen hatte, wie es alle die Entwurzelten machten, das sich jetzt aber angesichts der in Aussicht gestellten Reise entfesseln durfte.

Sie lachte und weinte zugleich und fühlte sich plötzlich, als wäre sie schon in der kühlen heimatlichen Kammer unterm Plumeau, und musste vorerst mal schlafen, endlich schlafen.

In den nächsten Tagen reifte die Idee mehr und mehr. Moidi würde alleine reisen. Sie würde die Eltern besuchen, sich einige Monate erholen und die allgemeine Lage sondieren. Hoffentlich käme sie mit der einen oder anderen guten Nachricht zurück, und dann könne man die permanente Rückkehr in die Heimat planen, voraussichtlich fürs nächste Jahr. „Was tät' ich geben, wenn ich mitkommen könnte“, sagte die Frau oft unter Tränen, aber Hellmanns durften sich noch nicht zurückwagen, war doch die Situation der Juden in Europa alles andere als geklärt. Die Wogen des Krieges hatten sich noch nicht geglättet. Man musste dem Frieden Zeit lassen, das Zerbrochene zu flicken, die Schuldigen zu richten und die Gesellschaft wieder für alle sicher zu machen. Hellmanns waren ständig in Kontakt mit dem Roten Kreuz und ließen sich auch von der jüdischen Gemeinde beraten, Südtirol war für ihresgleichen jedoch noch ein heißer Boden.

Moidi war alles recht. Nicht dass sie sich viele Gedanken machte. Sie hatte das Gefühl, durch einen Fleischwolf gedreht worden zu sein, und musste sich erst wieder zusammensuchen. Aber eine diffuse Sehnsucht zog sie zurück in das Nest, aus dem sie vor einigen Jahren herausgeworfen worden war, sodass sie mit neuem Elan in die Arbeit ging und sogar Überstunden ergatterte, um für die Reisekosten aufkommen zu können. Das war längst nicht selbstverständlich, denn Stellen gab es nicht mehr genug.

Mit der auslaufenden Kriegswirtschaft stand eine Neuorganisation und Neuorientierung der Fabrik, in der Herr Hellmann arbeitete, an. Er bekam von der Firmenleitung verlockende und durchaus lukrative Angebote: Firmenneugründungen waren geplant und versprachen interessante Arbeitsgebiete, aber die waren in Ozeanien, auf der anderen Seite der Weltkugel, und in Südamerika. Offenbar war die Firmenleitung der Meinung, einem Immigranten würde eine weitere geografische Veränderung nichts ausmachen. Frau Hellmann jedoch zeigte ihrem Mann nur den Vogel, wenn er von fernen Ländern fantasierte. Angesichts dessen, was aus Europa bekannt wurde, hatte sie nichts übrig für, wie sie sagte, frivole Gedankenspiele. Bis zu ihrer Rückübersiedlung würde er seinen Arbeitsplatz schon behalten dürfen, da würden sie von den Amerikanern schon nicht im Stich gelassen. Als sie aber Tag für Tag mit neuen Horrorgeschichten aus der Nazizeit heimkam, war sie mit ihrer Zuversicht am Ende und verzweifelte völlig an ihrem Schicksal. Ihr Innerstes krampfte sich in schrecklicher Vorahnung zusammen, als Ende Juli dann ein Brief aus Meran im Postfach lag, geschrieben von Anastasia Sullmann, einer ehemaligen Angestellten ihrer Eltern. Sie getraute sich nicht, den Brief zu öffnen, machte den Rest des Tages einen Bogen um den Küchentisch, auf dem er lag, und am Abend musste Moidi das Lesen besorgen:

*Meran, am 25. Juni 1945*

*Liebe Frau Hellmann!*

*Der Krieg ist aus, Gott sei Dank. Jetzt müssen wir wieder unser Leben zusammenklauben und weitermachen.*

*Zu Ihrer Anfrage bezüglich Ihrer werten Eltern, leider, es ist eine Qual für mich, Ihnen das schreiben zu müssen, aber ich fürchte, Ihre werten Eltern sind nicht mehr. Niemand von den Meraner Bekannten hat weder von ihnen gehört, noch von den anderen Mitgliedern der jüdischen Gemeinde, die zusammen mit Ihren werten Eltern weggebracht worden sind. Nichts. Und ihre Wohnungen und Geschäfte hat man schon gleich nach der Deportation geplündert und ausgeraubt, arisiert, wie sie das nannten. Die Synagoge ja sowieso. Also da sind nur mehr die Mauern zurückgeblieben.*

*Aber ich muss schon sagen, bei Ihrer verehrten Frau Mutter war ich gerne Dienstbotin. Und für alles, was ich ihr zu verdanken habe, ich würde noch lange ihre Wohnung putzen, gratis und umsonst, wenn ich sie nur wieder zurückbringen könnte.*

*Es ist am 8. September 1943 gewesen, wo sie von der SOD in die Casa del Balilla in der Otto-Huber-Straße gebracht worden sind. Meine Hand will das nicht schreiben, aber Sie, Frau Hellmann, haben ein Recht, alles zu wissen, was ich in Erfahrung bringen konnte. Also im Keller dort sind gut ein paar Dutzend Leute eingesperrt gewesen. Kranke und alte Leute auch. Gefangen genommen und hergeschleift. Manche haben sich gewehrt, aber die hat man schnell still gemacht. Auch ein sechsjähriges Kind, tuberkulös und mit nur einer Lunge. Man muss sich das vorstellen.*

*Es ist ein heißer und schwüler Tag gewesen, und die Kellerfenster zugenagelt. Eine Nachbarin hat Schreie gehört.*

*Sie haben sie etwa eine Woche lang dort eingesperrt gehalten und dann in der Nacht weggebracht, nach Innsbruck in die Reichenau, heißt es, und von dort, im Frühling, nach Auschwitz. Von den Gaskammern haben Sie sicher in Amerika auch gehört, da muss ich Ihnen nichts erzählen. Man wundert sich oft, wie die Sonne noch scheinen kann.*

*So weit meine Recherchen. Es tut mir aufrichtig leid, Ihnen keine bessere Nachricht geben zu können. Jetzt ist Frieden.*

*In großer Trauer mit Ihnen vereint,*

*Ihre Anastasia Sullmann.*

# 15

Am 14. August, als Japan sich ergab, war der freudige Tumult in Wilmington groß. Die Leute hatten die Lebensmittelmarken satt, und genug gestorben war fürs Vaterland und die Befreiung irgendwelcher Länder überm Meer, und endlich konnte geheiratet werden. Der Vater, der Bruder, der Sohn oder der Geliebte kam heim, forderte die alte Arbeitsstelle zurück, damit die Normalität wieder einkehren konnte. Jeder umhalste jeden, man schrie, lachte, weinte, ja die Menschen waren verrückt. Manche stiegen sogar auf die Telefonmasten vor Freude oder ließen Klopapier abrollen von den obersten Fenstern der Mietwohnungen: Soll es flattern in der sonnigen Brise des Friedens, die nach dem tödlichen Pilz über Hiroshima und Nagasaki hergeweht kam.

So froh Moidi über das Ende des Krieges auch war, nichts konnte ihr Sam und Florian wieder zurückbringen. Sie ging mit einem Ausdruck ernsthafter Konzentration jeden Tag ihrer Arbeit nach und beschäftigte sich abends mit dem plappernden Kind. Bei dem Gedanken, es monatelang nicht zu sehen, wurde ihr schwer ums Herz. Ja, sie würde Hellmanns auch vermissen, aber Wolfi hatte sich dort eingenistet, wo seit dem Verlust von Sam und dem Bruder eine Wunde offen klaffte. Er war wie ein Lied im Wipfel der Sykomore, schwebte tagsüber in der flirrenden Sonne und nachts über ihren Träumen. Er war ihr ständiger Gedanke, die Vergangenheit und die Zukunft, sie konnte es nicht in Worte fassen.

Die letzten heißen Sommerwochen verbrachte Moidi in einem angespannten Zustand, bis es Anfang September so weit war: Da küsste sie Wolfi inniglich, „ich komm bald wieder, Kleines", riss sich los und schiffte sich nach Genua ein.

Sie fand ihre Eltern spät an einem frühherbstlichen Abend und allein unter der kümmerlichen Funzel der Stubenlampe, die Gesichter wie mit Spinnweben bespannt durch das Netz von neuen Furchen, und das lebendige Blut daraus abgesogen, so müde, so fremd, mit verstaubten Augen, und konnte sich nicht helfen und fiel nicht über sie her, wie sie es oft geträumt hatte, in ihrem kleinen Zimmer in der Krone der scheckigen Sykomore, nein, es war gar nicht wie im Traum. Die Nähe, die hätte da sein sollen, war nirgends zu finden.

War die Stube immer so klein gewesen und hatte sich die Felderdecke immer so tief heruntergesenkt? Hier war sie zuletzt gestanden im stierenden Blick der Sonne, die auf alle Staubfuzel unter der Ofenbank zeigte, das war nun über fünfeinhalb Jahre her. Herausgehackt mit einigen wenigen Hieben aus dem Sozialgefüge der Familie und des Dorfes, isoliert, verachtet, so hatte sie gehen müssen. Und war doch auf demselben Mist gewachsen wie alles andere hier.

Moidi, die für die Eltern eine Maria geworden war, hatte Artikel aus dem neuen Material mitgebracht und breitete sie auf dem Tisch aus: Nylonstrümpfe, Nylonspagat, Zahnbürsten mit Nylonborsten und dazu frischminzige Zahnpasta, einen Nylonwetterschutz für den Vater, eine starke Nylontasche für die Mutter und eine Puppe für die kleine Schwester. Dann holte sie noch ein paar Fotos heraus: eins vom gefallenen Verlobten, „Sam ist das, mein Sam, und ja und hier, das ist Wolfi, euer Enkelsohn, ein ganz gescheiter Bub. Nächstes Jahr werdet ihr ihn sehen wie er leibt und lebt, denn dann ziehen wir hoffentlich wieder zurück. Er hat ganz Euer Profil, Vater. Und hier, schaut, das ist der Zeitungsartikel mit dem Foto der Schweißerin von unserer Werft, das bin ich, ja da staunt ihr, was?"

Die Eltern schauten mit verschränkten Armen, lächelten höflich, pendelten die Schädel auf den verbrauchten Hälsen. Moidi soll das sein, schau schau, die einmal ihr Kind gewesen war, ist das die Möglichkeit, erwachsen und fremd, ganz fremd, eine bunte Dame mit kurzem Haar, modischem Kostüm, Sams Ring am Finger und Mutters Kreuz am Hals, ja und rosig und knallrot im Gesicht und prall wie ein Pfirsich. Tss, eine Städterin, die einmal Moidi gewesen sein soll. Man müsste sie sich angreifen, befühlen zwischen den Fingern, wenn man das Herz nicht so gepanzert halten müsste, ach, so hart war man gewesen, aber das konnte man ihr nicht sagen, und hatte wohl so seine Richtigkeit gehabt.

Die Mutter erzählte dann, monoton, als hätte sie die Geschichte schon hundert Mal heruntergebetet, und doch wieder stockend, als wäre sie an das Reden nicht mehr gewöhnt, wie ihr Ältester, Florian, eine Woche vor Kriegsende von Partisanen erschossen worden war:

„Nicht nur dein Verlobter, auch dein Bruder hat daran glauben müssen, drinnen im Buchensteinischen … Der hat am Schluss noch einrücken müssen … Der Vater hat auch … Wusstest du nicht … Der Vater ist gerade auf Aussaaturlaub daheim gewesen und hat keinen von den deutschen Bonzen bei Florians Begräbnis sehen wollen, denn mit seiner Geduld für die ist es aus gewesen, und er hat für militärische Ehren und Reden nichts übrig gehabt. Deshalb hat er die Totenmesse und das Begräbnis schon um sechs Uhr in der Früh halten lassen, wo die Nazis noch geschlafen haben, der Pfarrer hat ihm gern den Gefallen gemacht. Aber obwohl es so früh war, ist das ganze Dorf erschienen … Und ist eine schöne Leich geworden."

Die Mutter wischte sich über die Augen.

„Nur, … der Vater hat dann bald wieder auf den Zug und nach Brescia abreisen müssen und ist so ungern gegangen zu diesen Bestien, aber für Deserteure hat es die Todesstrafe gegeben und für die Angehörigen die Sippenhaft … Davon habt ihr in Amerika ja keine Ahnung

… Hat er doch nicht seine ganze Familie in Gefahr bringen können … Und du hast dir kein schiefes Wörtchen erlauben dürfen. Nicht einmal deine Sorgen zu Verwandten oder Nachbarn tragen können …, du hast halt nie gewusst, wer wirklich Freund oder Feind war. Immer diese Angst, plötzlich stehen sie vor deiner Tür und zerren dich vor das Sondergericht und verurteilen dich als Volksschädling wegen hetzerischer und zersetzender Äußerungen …“

Das waren schlimme Geschichten. Das musste man sich erst mal vorstellen. Zeit brauchte man, viel Zeit zu überlegen und zu fragen. Moidi sagte aber dann nur in die betroffene Stille nach Mutters letztem Wort, wie um deren Aussage zu vervollständigen: „Die Eltern von Frau Hellmann und die anderen Meraner Juden haben sie auch umgebracht.“

Der Schwienbacher und die Schwienbacherin reagierten darauf nicht. Sie ließen diese Aussage mit dem vorher gesagten in der Stubenluft hängen, bis ein kleiner Luftzug alles durcheinanderrührte und beim Fenster hinaussog. Der Vater schaute auf seine kalte Pfeife in der Hand und hatte ein verlorenes Lächeln an. Die Mutter hielt die Schultern hochgezogen und rieb sich die Oberarme mit ihren klüftigen Fingern, wie um sich warm zu machen.

So gut Moidi die Eltern zu kennen glaubte, so erstaunt war sie über ihre Verfassung. Die Vorstellung von zwei Käfern, die auf ihren Rücken liegend auf das Ende warteten, drängte sich ihr auf und rann wie flüssiges Eis über die Wirbelsäule hinunter. Sie musste erkennen, dass Verlust und Furcht auch diesseits des Atlantiks große Löcher in das eine und andere stämmige Selbst gerissen hatte, und wie man sah, nagte mancherlei weiter an den Leuten.

Und hier muss die kleine Stina groß werden, dachte Moidi betroffen.

„Ich würde sie gern sehen“, sagte sie laut, „die Stina, mein kleines Schwesterchen.“

Die Mutter war sichtlich froh, der Lähmung zu entkommen und zeigte der Ältesten das Kind, wie es mit seinen harten, dünnen Zöpfchen im rot gemusterten Bettzeug schlief, das Gesichtchen ausgeleert und nach hinten gebogen, als müsste es sich über Wasser halten in Moidis und Stasis ehemaliger Kammer. Das war also das jüngste Schwienbacher-Kind und gleich alt wie Wolfi. Und musste zwischen Diestutmannicht und Dastutmannicht aufwachsen. Und wird sich Schwielen auf den Arsch sitzen vom harten Holz der Bänke, und die engen Mieder der Kleider wie eine zweite Haut tragen, und den Unterleib für immer in den schweren Röcken vergessen und verleugnen. Hier unter der niedrigen Decke wird sie sich ducken lernen, dem kleinkarierten Himmel für jede Sekunde Rechenschaft geben.

„So hast du ausgeschaut. Sie gleicht dir aufs Haar“, sagte die Mutter in Moidis Gedanken hinein.

„Wirklich?“, wunderte sich Moidi, „hoffentlich wachst sie nicht auf wie ich mit einem Brett vor dem Kopf.“

Die Mutter schaute betroffen. „Wie meinst du das?", fragte sie die schnippische Dame neben sich.

„Ach nichts", sagte die, „ich bin einfach müde."

„Also ruh dich vorerst einmal aus, Maria, da in deinem alten Bett", sagte die Mutter begütigend.

„Moment, aber wo ist denn Stasi?", Moidi gab es einen Ruck, denn plötzlich war ihr eingefallen, dass die eigentlich auch hier liegen müsste.

„Wo Stasi ist?", staunte die Mutter über die Frage, „ja haben wir dir das nicht geschrieben? Die ist jetzt die junge Pacherin. Sie hat im letzten Winter den Pacher-Norbert ganz plötzlich und schnell heiraten wollen, und wie der Vater den Norbert gefragt hat, warum sie's so eilig hätten, ob denn etwas nicht stimme, da hat der Norbert erstaunt getan und gemeint, ja was sollte denn da nicht stimmen. Aber fünf Monate nach der Hochzeit war dann ein Kindchen da!"

Die Mutter schüttelte ihren Kopf, als wäre sie immer noch entrüstet. Da musste Moidi aber schmunzeln, als sie sich eine rotznasige Stasi mit den Rattenschwänzchen von gezopftem Haar beim Schmusen vorstellte.

„Schau einer an", konnte sie sich nicht enthalten zu spötteln, „Stasi hat also auch vor der Eheschließung …? Ist ihr Haar immer noch lang oder habt ihr sie zur Strafe geschoren?"

Frech war die Gitsch geworden da drüben in Amerika! Nicht mehr zu kennen! Die Mutter schaute irritiert und suchte in Moidis Augen ihre Älteste. Dann lachte sie kurz auf, sagte aber nichts weiter, wünschte ihr nur höflich und schüchtern zugleich gute Nacht und entfernte sich.

In der Nacht wachte Moidi auf, denn ihr war, als würde eine Herde von großen Tieren gegen das Haus marschieren, stampfend, schnaubend, kauend und sich gegenseitig drängelnd, und über allem lag ein Rauschen, manchmal gleichmäßig wie Regen, manchmal an- und abschwellend wie Meeresbrandung. Moidis Herz war am Zerspringen, als sie plötzlich ganz deutlich einen Mann schreien hörte, gurgelnd, mit einem Messer im Thorax. Der Vater! Sie stand auf und lief ohne anzustoßen durch den schwarzen Raum und fand die Tür und klopfte mit wilden Vorahnungen an die Elternkammer. Aber die zerzauste Mutter machte nur einen Spalt weit auf.

„Ein Albtraum“, sagte sie, „weiter nichts. Das hat er öfters.“

Als Moidi wieder im Bett lag, neben sich das unschuldige Atmen der Schwester, und versuchte, der Erregung Herr zu werden, blies gegen ihren Kopf ein kalter Hauch. So sehr sie sich auch anstrengte, irgendwie konnte sie sich nicht mehr daran erinnern, jemals hier gewesen zu sein. Die vertraute Sykomore stand vor einem leuchtenden Quadrat, dem Fenster, und pochte mit ihren orangefarbenen Zweigen dagegen und winkte ihr und deutete ihr zu kommen, ja, jetzt gleich, sofort, es wäre dringend …

Als Moidi am nächsten Morgen auf den Söller und in die frisch gewaschene Sonne trat, brandeten die Buckel und

Zacken der Heimat wie ein aufgewühltes Meer. Die Vertikale war voller Form, Rhythmus und Farbe, und Moidi hatte in den folgenden Stunden Gelegenheit genug zu sehen, dass sie es nicht verlernt hatte, sich im Takt mit der Selbstverständlichkeit der Einheimischen zu bewegen. Erleichtert stellte sie fest, dass sie alles wiedererkannte, worauf sich ihr Blick legte. Der Raum und das Licht machte sie benommen vor Freude, und ihr wurde plötzlich bewusst, wie sehr ihr diese Landschaft in den letzten Jahren abgegangen war. Sie probierte die früheren Pfade aus, besuchte die Läden, wo es nach Putzmitteln, neuem Stoff, Käse und Gewürznelken roch und man rote Ohren kriegte von der Tratscherei, und aus ihr selber sprudelte es im einheimischen Dialekt, spontan und aus den tiefsten Klüften ihrer Person, das war schön, und durfte ungehindert über die Steine purzeln und glucksen, und die Sonne flitzte darin herum und planschte und spritzte das Moos smaragdgrün. Man war wohl nie ganz zu Hause in einer fremden Sprache.

Der Vater schien sich über die Anwesenheit der Amerikanerin zu freuen. Jedenfalls zwinkerten ihr seine Krähenfüßchen auf den Schläfen zu. Oder war es nur ein Tick?

Er sprach kaum. Das was für Moidi enttäuschend. Und wäre doch viel zu fragen oder sagen gewesen. Höchstens, dass er sich mal zwischen einigen Löffeln Knödelsuppe beim Mittagessen wunderte: „Hat er epper wohl einen Glauben, der Amerikaner?“

Oder er sagte etwas bezüglich Schweinefutter oder ob er morgen lieber Speckknödel oder Kasknödel äße. Er kaute mit schlaffen Wangen, in denen eine dunkle Furche von den Nasenflügeln bis zu den Mundwinkeln ging. Und einmal sagte er beim Lesen der Zeitung: „Die verdammten Saujuden, die!"

Dann wollte er eines Abends zwischen einigen Löffeln Mus wissen: „Habt ihr genug zu essen dort drüben?"

Er nickte wieder vor sich hin, als sie ihm mit „ja doch" geantwortet hatte, und lächelte weiter und schien in einer dunklen Brühe zu schwimmen und sah kein Ufer mehr. Als sich Moidi später zur Mutter über die Funkstille beim Vater aufregte, meinte die, ein großer Redner sei er ja nie gewesen, aber der Krieg habe ihm schon einen Riss gegeben. Er wird sich in Gottsnam wohl wieder erholen, fügte sie mit einem Seufzer hinzu.

Die Mutter lebte also zwischen Küche, Kammern, Stall, Feldern und Kirche, härmte sich mit den Milchkannen und Kindern ab und hütete ihren Mann. Der machte krampfhaft alles so wie immer und seit Generationen. Montag, Mittwoch und Freitag war Knödeltag und jeden Tag Rosenkranz nach dem Betläuten, wobei er sich mit den locker von der Gebetschnur gefesselten Händen immer wieder über die Glatze fuhr. Moidi hatte sich nur zu bald in seine dünn gewordene Vorbeterstimme eingehört und brachte kein Verständnis für die ewige Unterwerfung auf und verließ die Küche und das vorwurfsvolle Geschau der Eltern meist schon, wenn das erste Gesätz mit „DenduoJungfrauvomHeiligenGeistempfangenhast" anging.

Vielleicht gerade weil der Vater in seiner Schweigsamkeit milder erschien, riskierte Moidi einmal, als sie beide noch in der Stube lasen, obschon es längst Schlafenszeit war, die Frage: „Ist es wirklich notwendig gewesen, mich zu verstoßen, Vater?“

Vielleicht hatte sie sich nach all den Jahren und angesichts ihrer baldigen Rückkehr in die Vereinigten Staaten doch so etwas wie eine Erklärung, wenn nicht gar Entschuldigung erhofft. Aber der Vater ließ nichts über die Lippen als eine Luftblase, phh, hob die Augenbrauen hoch und ließ die Augen davonschwimmen, diese Augen, farblos und versprengt. Als er dann nach einigen betretenen Minuten in Richtung Schlafkammer abzog, sagte er doch: „Tja, Weibele, Ordnung muss sein.“

Und rieb sich den Hinterkopf.

Moidi getraute sich noch, ihm hinterherzuwidersprechen, so enttäuscht war sie: „Aber richtig war es nicht, Vater.“

Der Schwienbacher zog nur stillschweigend die Tür hinter sich zu und wollte nichts mit dem Unmut seiner Tochter zu tun haben.

Den Kontakt zu ihren jüngeren Geschwistern fand Moidi relativ unbelastet. Manchmal kamen Michel, Konrad und Stina mit auf einen Spaziergang durch das Land, über dem der Himmel ein altes, verwaschenes Leintuch war mit Rippen und Rissen, und die Berge zeichneten ausgefranste rückenartige Silhouetten hinein. Stina sprang um Moidi herum, munter wie ein Hirtenhund. Umständlich erzählten die Brüder, wie sie eigenhändig die besten Kühe und die Mastochsen vor den Deutschen gerettet hatten, nämlich indem sie sie drüben ins Wäldchen bei der Mühle trieben, als es hieß, sie kämen das Vieh zu zählen, und dass die Soldaten schließlich eine von den minderen Kühen und vier Schweine mitgenommen hatten. Die Buben zeigten Moidi auch, wo der abgeschossene Amerikaner gelegen war, „ein blonder Mensch, so wie wir, und einen Ehering hatte er angehabt, und die Flugzeugteile waren bis dort drüben verstreut gewesen". Wie sie hierhin und dorthin sprangen, um die verstreuten Wrackteile anzudeuten und Konrad sich dann hinlegte, um den Toten zu mimen mit herausgestreckter Zunge und aufgerissenen Augen, und Blut auf seiner Haut und überall, musste sich Moidi in einem Versuch, die aufsteigende Übelkeit zu bekämpfen, abdrehen und ging tief atmend langsam weiter.

Die Brüder interessierten sich brennend für Amerika und rissen ehrfürchtig die Augen auf, als ihnen Moidi erzählte, dass sie eigenhändig Schiffe zusammenschweiße auf einer Werft.

Schaut, sagte sie und streckte ihnen die fleckigen und narbigen Arme hin. „Mensch, das ist allerhand!" Die Kinder warfen ihr anerkennende Blicke zu.

Ob alle in Amerika diese leisen Schuhe trugen, wollte Konrad noch wissen, denn die amerikanischen Soldaten, die er in der Stadt gesehen hatte, bewegten sich in ihren Militärstiefeln wie in Filzpatschen. Und der Michel machte ihr vor, was er und seine Freunde den Soldaten sagten: „How do you do mit die Gummi-Schuh“, und musste schrecklich kichern. Er wollte auf der Stelle richtiges Englisch lernen. Ja. Und wie die Brüder sich für Amerika interessierten, so wollte Stina über ihren gleichaltrigen Neffen Wolfi reden, und ob dort über dem Meer wirklich alle eine rote Haut hätten.

Stasi trug die Zöpfchen um den Kopf gewickelt und hatte ein zerzaustes Baby am Busen, als Moidi beim Pacher vorbeikam. Sie fing gleich an zu weinen, als sie erzählte, dass sie schon wieder schwanger war, und die Schwiegermutter eine Arge und der Norbert sich nicht getraute, gegen die aufzumucken, und überhaupt nicht war wie früher.

„Du hast es gut“, sagte sie Moidi, „du bist frei.“

Moidi blieb nichts anderes übrig, als ihr das Kind abzunehmen, sodass Stasi das Essen kochen konnte, denn nach dem Mittagsläuten kamen alle vom Feld und sollten nichts zu meckern haben, außer über den Besuch: „Ach, die feine Verwandtschaft aus Amerika? Noch immer keinen Mann gefunden?“

„Wie sind die Leute doch beschränkt“, wunderte sich Moidi und wurde nicht einmal rot, als sie von Wolfi erzählte. „Ja, das Uneheliche“, sagte sie, „aber es geht ihm nichts ab: Es hat einen Vater, der mit ihm fischen geht. Und seine Frau ist ihm Mutter grad so wie ich. Ein aufgeweckter Bub, sag ich euch!“

Ja, bald zögen sie wieder zurück, meinte sie, aber sicher nicht auf den engstirnigen Berg herauf, sondern in die Stadt.

„Mit den Stadtlern haben wir nichts zu tun", sagte der Pacher-Norbert und schuf seiner Frau an, die Suppe zu bringen.

Als Moidi am Sonntag in die Messe ging, setzte sie sich wegen dem kurzen Haar gar kein Kopftuch auf, obwohl die Mutter ihr eins angetragen hatte.

„Da werden sich die Leute das Maul zerreißen", warnte die Schwienbacherin. „Aber seid doch gescheit, Mutter", sagte Moidi verständnislos.

„Na, na", sagte die Mutter besorgt und schielte kopfschüttelnd über die Beine Moidis hinauf zu ihren Locken. „Bei uns ist das halt einmal so. Wenn man hergehören will, trägt man die Haare und die Röcke lang."

„Ich gehör ja eh nicht mehr her, das wisst Ihr ja genau, und ich will auch nicht mehr", wandte Moidi ein und erschrak fast, als die Mutter darauf nichts sagte.

In der Kirche blieb sie ganz hinten in der letzten Bank auf der Frauenseite und wartete geduldig auf die Frömmigkeit, die sich nicht einstellen wollte. Stattdessen schnipselte die altbekannte Kirchenlandschaft Späne aus ihrer Erinnerung, die dann über sie herfielen wie ein Schwarm hungriger Spatzen. Beim Kyrie kam ihr die italienische Lehrerin Palumbo samt dem ganzen faschistischen Schul-Zirkus in den Sinn. Wie die Signorina sich mit klackernden Armreifen und dramatischen Fingernägeln an die Brust geklopft hatte! Dazu fiel Moidi noch ein, dass sie ihren roten Nagellack in Wilmington vergessen hatte. Und als Nächstes stellte sie sich einen ganz keuschen und langweiligen Himmel vor, wo alle Dörflerinnen mit Kopftüchern schräg nach oben schielten, den gängigen Abbildungen von Heiligen ähnlich, und die Männer abseits mit kurz geschorenen bleichen Köpfen die Hüte in den Händen drehten. Die amerikanischen und walschen Himmel waren hingegen Jahrmärkte mit frivol geschminktem und dauergewelltem Volk. Und beim Gloria war es so weit, dass sie sich auf den groben Dielenboden auf der Chorempore besann und der vielen kleinen Schiefer in ihrem Hinterteil, die die Eskapaden mit dem Lehrer dort hinter der Brüstung verursacht hatten. Damals hätte sie es sich nie träumen lassen, dass sie eines Tages mit rasierten Beinen und Nylons aus Amerika zurückkommen würde. Und beim Sanctus fielen ihr die Käfer ein, die die Buben manchmal während der Maiandacht freiließen, und Michel hatte es nachher vom Vater gekriegt. Und das wiederum erinnerte sie daran, wie man ihr das Zurückschnabeln mit Schlägen abgewöhnt hatte. Einmal hatte sie Schelte gekriegt, nur weil sie ein Balilla-Lied gesungen hatte. Aber jetzt konnte ihr die Mutter nichts mehr sagen.

Es war einfach, die Gedanken auf Wanderung zu schicken und zugleich die Lippen mitbeten zu lassen. Beim Agnus Dei flogen die bläulichen Engel immer noch im Gewölbe des Altarraums und hatten ausgerenkte Flügel.

Nach der Messe staunten die Frauen: „Jesses, das Moidile!“

„Naa, Moidi!“

„Schau, wer da ist!“

Sie umringten die Weithergereiste vor der Pforte, wo die Geranien in schweren Terracottatöpfen wucherten, als wäre Moidi nie weg gewesen, und hielten ihr die flachen, geöffneten Hände hin, eine Geste, wie man sie bei Bettlerinnen sah. Und Moidi legte ihre Hand hinein, wie ein Geschenk. Und die Frauen berührten sie an ihrem Ellbogen: „Bleibst du jetzt da?“

„Wie geht's?“

„Da wird die Mutter eine Freude haben!“

„Und die schönen Zöpfe hat sie nimmer, schade.“

Die Plattnerin aber bemüßigte sich ihr zu sagen: „Der Chorleiter, du weißt schon, ist nicht mehr zurückgekommen: Die wohnt jetzt in Innsbruck, die Sau.“

Und lachte und hatte ein Glitzern in den Augen, und alle redeten durcheinander, und ein paar Männer nickten ihr aus der Ferne zu, neugierig. Und die Buben schrien von der Friedhofsmauer her: „Hoi, Moidi, sind sie schon gekommen?“

Und als Moidi sich umdrehend meinte: „Ja wer denn?“, schrien und lärmten die Halbwüchsigen: „Na halt die Haare auf dem Arsch!“ und hielten sich die Bäuche vor Lachen und verzogen sich, als eine der Frauen mit drohend erhobener Hand einige Schritte auf sie zu machte. Aber als der Pfarrer aus der Kirche kam und auf die Gruppe zu, hatten es auch die Dörflerinnen eilig und liefen ihrer Wege, und Moidi konnte ihm ungestört erzählen und danken für den Ausweg, den er für sie aus ihrer Misere gefunden hatte. Das war ihr schon lange ein

Anliegen gewesen. Ja, und leider erfuhr sie nun, dass der alte Hellmann in Verona gestorben war. Lungenentzündung nach einer Grippe: „Leider, leider. Er war ein guter Mensch. Nein, Genaues über die Meraner Juden weiß ich nicht. Die Zeitungen schweigen sich da aus …“

So stieß Moidi in den Wochen ihres Urlaubs auf mannigfaltige Weise mit dem früheren Leben zusammen. Sie probierte auf dem Hof sogar das Melken, Milch-Zentrifugieren und Heuen wieder, und ließ sich von Joss mit seiner unverhohlenen Bewunderung anstrahlen, aber sie durfte immer nur ganz kurz ran an eine Arbeit, so wie man sich von einem neugierigen Touristen schon mal einen Augenblick lang ins Handwerk pfuschen lässt. Dann schickte man sie fort, damit sie sich ausruhen konnte.

Auch Mutters Essen und das Gewicht und die Konsistenz der selbst gesponnenen Schafwolle auf der Stricknadel brachte sie in Tuchfühlung mit ihrem früheren Ich. Sie schaute es an, schüttelte den Kopf und verschenkte, was in der Kommodenschublade in der Mädchenkammer noch ihr gehörte: viel verstaubtes Hurra. Über die Heiligenbildchen freute sich die kleine Stina. Auch die Samtbänder durfte sie behalten. Die Schulhefte warf Moidi in den Herd. Den Rosenkranz mit den neunundfünfzig Perlmuttkügelchen, klein und glasig wie fette Reiskörner, ließ sie zögernd von einer Hand in die andere rieseln und steckte ihn sich schließlich in die Tasche in der Rocknaht. Wie sie dann durch das Haus ging, fand sie keine

Spuren mehr von sich. Ja, es war, als hätte es nie eine Moidi gegeben. Ihr wurde immer klarer, dass sie hier nichts mehr zu suchen hatte. Sie hatte diese Welt durchschritten und hinter sich gelassen mit dem Eintritt ins Hellmann'sche Geschäft.

Nur weg von hier, weg aus diesem Haus, diesem Nest, damit ich nicht verknöchere, sagte sie sich, hier bleibt man auf der Strecke, wie ein Stück Treibholz in einer Biegung des Finsterbachs. Sie wollte sich neu erfinden, sie wollte sich ihre eigene Welt zurechtzimmern, die allen dreien, Moidi, Maria und Mary gerecht wurde.

In der Stadt ging Moidi aus einer früheren Gewohnheit in die Pfarrkirche, fand sie durch Bomben schwer lädiert und nur teilweise begehbar vor. Sie zündete den armen Seelen eine Kerze an. Im zuckenden Licht sah sie, dass die arg abgeblätterte und rissige Wand über dem Fegefeuerrelief komplett verdeckt war mit metallenen Votivherzen. Ein Kreuz wuchs aus dieser Wiese von Hilferufen hervor. Es streckte sich weit ins finstere Gewölbe hinein. Vom Leib Jesu waren nur die Füße und ein Stück der Beine auszumachen. Darauf glänzten leberfarbene Blutspuren.

Als sie sich in Richtung Hellmann'sche Liegenschaft aufmachte, musste sie immer wieder Umwege machen, weil ein zerstörtes Haus eine Gasse verlegte oder ein Bautrupp den Weg verstellte, kam aber schließlich doch in die ebenfalls beschädigte Laubengasse. Unter einem der Arkadenbögen saß ein Mann auf den Steinplatten inmitten von Leuten, die mit zwitschernder Normalität ihre Verrichtungen machten, und hatte vor den Beinstumpen – die Beine waren kurz über den Knien abgetrennt – eine Schüssel mit ein paar Münzen.

Zum Erstaunen Moidis hatten sich die Hellmann-Textilien in ein Juweliergeschäft verwandelt. Sie sollte für den Herrn und die Frau in der Wohnung nach dem Rechten sehen und wollte die Haustür aufsperren. Als sie die blanke kleine Raute mit dem Schlüsselloch sah, wusste sie sofort, dass hier der alte Schlüssel nicht mehr hineinpasste. Das Schloss war ausgetauscht worden. Sie starrte auf den goldenen Knauf in der Mitte der Tür. Zum ersten Mal wurde ihr bewusst, dass er den Mittelpunkt vieler konzentrischer Rauten bildete, die wie Wasserkreise mit der Entfernung von der Einschlagstelle immer größer wurden.

Sie drückte den Klingelknopf neben der Haustür. Weil jedoch niemand kam, betrat sie das Geschäft. Freudig erschrocken registrierte sie das altbekannte Zirpgeräusch der Klingel. Dann sah sie, dass die meisten offenen Regale an den Wänden Türen bekommen hatten. Die in Augenhöhe waren verglast. Dahinter lagen und standen auf dunklem Samt glitzernde Objekte. Ein rundlicher Herr grüßte Moidi auf Deutsch und gleich auch auf Italienisch, als wäre er nicht sicher, wie er sie einzuordnen hätte. Moidi erklärte ihm, dass sie im Namen der Besitzer der Wohnung oben, die auch Inhaber des Geschäfts seien, hier nach dem Rechten sehen wolle und nun leider feststellen müsse, dass der Haustürschlüssel nicht mehr passe. Auch das Geschäft sei anders … Dem Menschen schien bei ihren Worten heiß zu werden, denn er holte sich ein großes weißes Taschentusch aus dem Sakko und fuhr sich damit über die Glatze. Dann begann er und unterbrach sich selbst mit seinem Räuspern und erklärte und zuckte mit den Schultern zum Zeichen, dass er nichts dafür könne, denn er habe dieses konfiszierte Eigentum rechtmäßig erworben. Kaufvertrag, Gemeindestempel, Steuerbelege usw., alles liege vor. Auch die Wohnung über dem Geschäft gehöre ihm. Er bewohne sie mit seiner Frau, einer Klavierlehrerin, und ihrem zehnjährigen Sohn. Es tue ihm leid, dass er nichts für das Fräulein machen könne, im Krieg passierten die überraschendsten Verwicklungen, so sei es nun einmal. Damit hielt er den Arm gegen die Tür gestreckt, und wies ihr die Richtung. Und die beweglichen Güter, die Stoffe, die Möbel, konnte Moidi noch hervorpressen. Da müsste sie auf der Gemeinde nachfragen. Konfisziertes Eigentum von Staatsfeinden sei normalerweise von den Deutschen veräußert worden, versteigert, „aber das wird Ihnen sicher erklärt werden“. Damit war Moidi entlassen.

Draußen starrte sie ungläubig auf das Geschäft: Staatsfeinde? Konfisziertes Eigentum? Das Schaufenster war hell erleuchtet und strahlte und funkelte in die dämmrigen Lauben mit einer, wie ihr schien, obszönen Eleganz, der man nicht ansah, dass sie aus den undurchsichtigen, blutdurchzogenen Tümpeln von Verfolgung und Profitgier entwachsen war. Nur drüber hin spannte sich wie früher in einem nachdenklichen Bogen dasselbe geduldige Holz und sprang rechts gleich wieder zu einem kleineren Halbkreis hoch, um das Halbmondfenster mit den schmiedeeisernen Ranken über der Haustür einzufassen, und lief dann in die Kapitelle der Pfeiler aus, die sowohl den Geschäftseingang mit dem Schaukasten als auch die Haustür flankierten.

Da war sie selbst gestanden, das Bauernmädchen, vor langer Zeit, wie ihr schien, ein verzweifeltes trächtiges Ding, und diese Tür zu Hellmann Textilien war das Tor in die Welt für sie geworden. Über die ausgetretene Schwelle von rosa Porphyr war sie gegangen: aus den Krallen der Bigotterie in die Arme von guten Menschen. Und jetzt stand sie wieder da und sah konkret, was man sich in Amerika immer erzählt hatte: dass nämlich der Nazistaat Menschen enteignet, entwurzelt, verfolgt und umgebracht und sich an deren Hab und Gut bereichert hatte, auch hier im heiligen Land und mithilfe ihrer Landsleute. Sie sah auch, dass der jetzige Regierungsapparat die Diskriminierung und den Diebstahl offensichtlich billigte, indem er die neuen Besitzer akzeptierte. Nichts als ein Klingelgeräusch wies auf die Vergangenheit. Als sie auf die Laubengasse hinaustrat, nahm sie wahr, dass zwischen den Ritzen in der Pflasterung smaragdene Gräschen wucherten. Kleine Wölkchen zogen unverfroren über den Himmel.

Den Rest des Tages verbrachte Moidi damit, die verschiedenen Ämter auf der Gemeinde abzulaufen. Die

Herren, in deren Zimmer sie nach kürzeren oder längeren Wartezeiten gebeten wurde, hatten jedoch keine Zeit für die Vergangenheit. Das Vergangene hatte auch hier nur eine ungewisse Spur im Gedächtnis hinterlassen und schien wie die Schleimskizzen der Nacktschnecke auf der Gartenmauer kaum relevant. Außer langer und anzüglicher Blicke oder väterlich gemeinter Klapse erhielt sie nichts, keine konkrete Auskunft bezüglich dem Hellmann'schen Besitz. Ein deutschsprachiger Herr, Stadtrat, wie er sagte, riet ihr, einen schriftlichen Report samt Namen, Daten, Fakten, Dokumenten usw. direkt an den Bürgermeister zu schicken, das wäre sicher ein guter Anfang. Im Übrigen, sie suchten an der hiesigen Handelsoberschule dringend Lehrkräfte für Englisch, er sei nämlich auch Direktor der Schule. Sie spreche die Sprache doch fließend, nicht? Wo sie doch schon jahrelang in den Staaten lebe? Und sie scheine eine kluge Person zu sein, die sich doch sicherlich die notwendigen didaktischen und methodischen Fertigkeiten durch Kurse oder im Selbststudium aneignen könne. Ob sie nicht Lust hätte? Es gelte, die Heimat wieder aufzubauen! Moidi konnte es nicht fassen, was für eine Gelegenheit da dahergeschneit kam: Ja, natürlich hätte sie Lust, Lehrerin wäre sie für ihr Leben gern, aber sie könne voraussichtlich erst nächstes Jahr. Der Stadtrat fragte sie noch ein bisschen aus über ihre Situation, woher und wie und warum und wiegte den Kopf und gab ihr einen Zettel mit Namen, Adresse und Telefonnummer. „Schreiben Sie mir."

# 16

Zum zweiten Mal fuhr Moidi nach Amerika. Diesmal wusste sie, wohin sie ging, wusste, was sie erwartete, erschrak nicht, als sie das unruhige, trostlose Meer sah. Sie war mutiger geworden und ließ die Soldaten abzischen, wenn sie ihr zu hungrig in die Quere kamen auf ihren Spaziergängen übers Deck. Dem einen oder anderen erzählte sie von sich, von Sam, dem Bruder, dem Kind, ihrem Besuch zu Hause und weinte manchmal ein bisschen dabei. Die Vergangenheit war durchpflügt, und der Schmerz fuhr mit auf dem einen oder anderen Wellenkamm, blitzte auf wie eine geschliffene Klinge im Licht und sank ins schieferfarbene Wasser.

Von den Eltern hatte sie sich ohne Tränen verabschiedet. Sie hatte die roten Knöchel der Mutter gestreift und war den rissigen Händen des Vaters entwichen. Warum. Hatte sie sich seine Hände nicht gewünscht. Sollte sie ihnen vergeben, ihren Eltern, dem Vater vergeben, der Mutter vergeben, weil sie nichts wissen wollten, nichts gefragt hatten, stumm wie eine Wand waren, oder laut keiften wegen einem Lied oder einem Rocksaum, oder sie mit der Rute geschlagen hatten. Waren sie zu hart gewesen. Interessierten sie sich nur für irgendwelche Prinzipien. Sollte Moidi das Vergeben sein lassen. Was würde es bringen.

Die Tage auf dem Schiff hatten sie ungeduldig gemacht, und als sie endlich am fünften Tag in New York ankam, telefonierte sie erst gar nicht vom Hafen aus mit Hoffers, wie ursprünglich ausgemacht, sondern ließ sich mit einem Taxi gleich zur Grand Central Station fahren. Dort begab sie sich in den nie versiegenden Fluss von Menschen, wurde vom Trottoir in die Eingangshalle gespült und auf eine neue Reise geschickt.

Der Zug fraß das Land in sich hinein, unersättlich, Meilen um Meilen, immer mehr Land, flach wie ein Fladen. Es war hell hier, grell bei so viel Himmel. Die Herbstluft aus dem geöffneten Fenster hatte nicht diesen Biss wie in den Alpen, sie war weich, etwas schlapp, hatte sich voll gesogen mit Feuchtigkeit von den großen Wasseradern, den nahen Buchten und dem Atlantik. Bäume und Büsche wehten als kunstvoll gewebte Vorhänge von Gold und Rot vorbei mit etwas Braun und Grün versprengt. Oder sie säumten Straßenzüge weiter draußen in der Landschaft, grenzten den Horizont vor dem blauen Tag ein. Manchmal waren sie auch einzelne Flammen in den vorbeijagenden Siedlungen und auf den Feldern. Die Farben schienen in der feuchten Luft von innen heraus zu glühen. Zugleich zeichnete der Dunst alle Konturen weicher, stäubte die Landschaft leicht ein und entrückte sie ins Traumhafte, als ob sie ein Gemälde wäre.

„Schön", flüsterte Moidi andächtig, „die Welt ist schön."

In Wilmington standen stufenauf und stufenab orangengelbe Kürbisse und Chrysanthemen vor den Haustüren, als hätte der Bürgermeister diesbezüglich eine Verordnung erlassen. Ja genau, in einigen Tagen war Halloween. Darauf hatte Wolfi sich schon seit Ostern gefreut. Und der Zuckerfee trete er dieses Jahr nichts von den Süßigkeiten ab, die gebe es nämlich gar nicht, hatte er gesagt, die Äpfel könne die Mama haben, aber die Zuckerlen behielte er sich lieber selber. So ein Lauser. Frau Hellmann hatte gelacht und ihm ein Kostüm versprochen, Seeräuber dürfe er sein, Käpten Blaubart mit schwarzer Augenklappe und Totenkopffahne, wenn er wolle den ganzen Tag.

„Geld oder Leben", hatte er böse gekreischt und seinen imaginären Dolch gezogen, dann hatte er sich abküssen lassen.

„Ich schenk dir mein Leben", hatte Moidi ihm gesagt und ihn fast aufgefressen.

„Du liebe Mary, du", hatte der Bub geflüstert und seine Stirn überschwänglich gegen ihre gepresst, sodass er nur mehr ein großes Auge war.

Die Sykomore vor der Nummer 1311 in der North Rodney Street ließ die rauen Fruchtköpfchen von den Zweigen baumeln. Die Blätter waren schon ein knöcheltiefer Belag auf dem kurzen Aufgang zur Haustür. Warum haben die nicht gerecht? Das Kind hätte mit einem Blätterhaufen schon seinen Spaß gehabt. Da war keine Kürbislaterne vor dem Eingang. Wolfis Dreiradler stand nicht auf der Veranda. Kein Ball, keine Klötze, kein Blechauto, nur die Schaukel hing von der Decke wie immer. Auf der Bank war ein Stein. Quer über der Tür war ein Schild angebracht. „FOR RENT" stand darauf.

Moidi ließ Koffer und Handtasche fallen, sah sich bestürzt um und stellte fest, dass sie sich nicht in der Adresse geirrt hatte. Wie konnte sie auch nach all den Jahren hier. Aber wieso war das Haus zu vermieten?

Ein unbeteiligtes Lüftchen zischelte im trockenen Laub, das sich in den Ecken und vor der Haustür angesammelt hatte. Moidi läutete und klopfte und presste die Stirn gegen das geschliffene Glas in der Tür. Grau. Kein Trippeln von Füßen, kein näher kommender Schatten. Das Fenster neben der Tür verhangen. Sie richtete sich auf und sog die Luft ein. Die roch modrig, alt. Sie ging um das Haus. Alles fest verschlossen. Die Vorhänge im Erdgeschoss zu. Oben die Fenster bleifarben wie die hereinbrechende Dunkelheit. Im Sandkasten Häufchen und Mulden gewesener Start- und Landepisten, Hügel und Straßen. Die dürre Ahnungslosigkeit hineingewehter Blätter. Sie setzte sich an den Rand. Musste denken. Langsam legte sich der schwarze Nachthimmel über die Stadt mit seinen Fragen und Vermutungen. Das abweisende Haus. Laub nicht gerecht. Das Schild. Was war passiert. Urlaub? War doch nie die Rede davon gewesen. War Frau Hellmann krank geworden? Das war es wohl. Wie konnte sie so ignorant sein. Die Frau war gleich nach dem Brief aus Meran mehr und mehr zusammengeschrumpelt, eingetrocknet wie eine Pflaume und hatte nur so dahinvegetiert, es Moidi aber kategorisch verboten, ihren Urlaub aufzuschieben wegen ihr.

Als Moidi mit dem Fuß in den Blättern und im Sand herumstocherte, stieß sie plötzlich an etwas. Sie holte ein rot lackiertes Kübelchen heraus. Genau dieses Kübelchen hatte sie selbst ihrem Wolfi zu Ostern, gefüllt mit Zuckereiern und Hasen in Goldfolie, ins Kunstgrasnest gestellt. Im Kübelchen war ein feuchtes Sykomorenblatt. Gelb mit braunen Flecken. Es schaute aus wie eine Hand, an den Lappen einige vorwärts weisende Zähne. Moidi starrte es an wie eine Offenbarung. Schließlich kam ihr der Gedanke, auf der anderen Straßenseite einen freundlichen Nachbarn mit Fragen zu behelligen. Ja, die hätten wohl einen Lastwagen gesehen. Vor ungefähr fünf Wochen. Der war mehrere Stunden lang vor der Tür gestanden. Ja, doch, es schien, man hätte Möbel weggebracht. Aber Näheres wusste man nicht, denn jeder habe dieser Tage doch seine eigenen Sorgen. Was nun, Moidi, was nun.

Die Damen von der jüdischen Gemeinde. Die müssten doch Bescheid wissen, bei der Freundschaft mit der Frau. Moidi ließ ihr Gepäck auf der Eingangsveranda des Hauses, das ihre zweite Heimat gewesen war, und rannte mit verrücktem Herzen und dem roten Eimerchen durch den aufgerissenen Rachen der Stadt. Die Leuchtreklamen schrien mit ihren grellen Farben und blinkten und flirrten. Gackernde Gruppen kamen aus den Bürogebäuden. Im hämmernden Staccato die Absätze Moidis. Busse schnaubend an den Haltestellen, und Autos, Lastwagen, Fahrräder brachen mit brennenden Augen durch die Dunkelheit. Eine Sirene, es war die Feuerwehr, und raste vorbei. Löschwagen, Rüstfahrzeuge, eine hämmernde Glocke. Dann biss sich die Rettung in den Querverkehr am Rodney Square, wo das Standbild mit Pferd sich nicht kümmerte. In den Mietskasernen am Fluss gingen Lichter an und aus, pulsierten in unruhigem Rhythmus. Auf der anderen Seite der Washington-Street-Brücke war es ruhiger, dunkler.

Im Jewish Community Center angekommen durfte eine schwer atmende Moidi ohne Weiteres das Telefon benutzen und Holler anrufen.

„Wer? Ach ja, Mary, … natürlich. Sie sind bereits zurück aus der alten Welt? … Die Hellmann-Familie, ach so … ja, das war eine etwas überstürzte Entscheidung, haben Sie den Brief denn nicht bekommen?“ Mary solle sich doch erst mal in den Leseraum setzen und sich ausruhen vom Schrecken und der langen Reise, sie, Mrs. Holler, käme gleich rüber, in zehn Minuten wäre sie da, dann könne man reden.

So hatte das Warten Moidi wieder eingeholt und ließ sich auf dem Diwan ihres Herzens behäbig nieder. Wieder einmal lag dieses Luder massig auf der Lauer und hielt sie gefangen: das Warten auf das Baby, das Warten auf Sam, auf das Ende des Krieges, das Warten auf Versöhnung mit den Eltern, nichts als warten, und nun warten auf Mrs. Holler. Ja, dieses Warten gespickt mit schlimmen Ahnungen. Hatte nicht im Traum die Sykomore gedrängt?

Die Mrs. kam schließlich schwitzend und großgeblumt angetrudelt mit ihrem Haar in einer flotten Banane und drückte Moidi an ihre Brust: „Nice to see you, honey, how was your trip?“

Nur, Moidi interessierten im Moment keine guten Umgangsformen.

„Where is everybody?“, stieß sie heraus.

Mrs. Holler schaute auf das rote Kübelchen und auf Moidi und versuchte ein betretenes Lächeln, wenn ihr nur nicht so heiß gewesen wäre. Sie holte einen Umschlag aus ihrer Handtasche: „Hier, das hat man bei mir bis auf Weiteres für Sie hinterlegt“, und war rot und aufgedunsen und überhaupt nicht glücklich in ihrer Haut.

Moidi fand ihr Sparbuch in dem Umschlag und zusätzlich zweihundert Dollar in bar, das war eine Menge Geld, aber keine Notiz, keine Erklärung, nichts.

„Wo sind meine Leute?“, schnaufte sie, und ihr kam vor, als wären plötzlich ihre Kiefer eingerostet, „wo sind sie? Tell me, tell me!“

Als sie das entsetzte Gesicht der Frau sah, merkte sie erst, dass sich ihre Hände an deren Schulterpolstern vergriffen, wie Badeschwämme fühlten sich die an. Sie murmelte geschockt: „I'm sorry. I'm so sorry", und brach in Tränen aus. Es war einfach zu viel: die lange Reise mit dem Ozeanriesen, das seelenlose Haus, dann die Angst, dass etwas Schreckliches passiert sei, und jetzt verlor sie offenbar sogar die Nerven und ging auf die gute Holler los …

„It's o.k., it's o.k., honey, here is what I know", sagte die Frau verdrossen und zupfte sich die misshandelte Bluse zurecht. Walter sei entlassen worden, und da zurzeit hier in Wilmington die Aussichten auf eine Beschäftigung gleich null wären, sei es schnell klar geworden, dass sich die Familie das Haus nicht mehr leisten konnte. Daher habe man Wolfi und alles andere zusammengepackt und sei vorläufig nach New York zu den Verwandten gezogen. Frieda sei ja auch so unglücklich gewesen hier, besonders nach den schlimmen Nachrichten aus der Heimat. In New York gebe es mehr Ablenkung, und man habe dort vielleicht mehr Chancen, was eine neue Arbeit anging, auch könne man von dort aus die Rückübersiedlung besser in die Hand nehmen. Also, das sei alles, was sie, Mrs. Holler, wisse. Walter habe ihr, Mary, doch geschrieben, dessen sei sie sich sicher, aber in diesen Zeiten sei die Post ja außergewöhnlich langsam bzw. erreiche manchmal ihr Ziel gar nicht.

„Es tut mir schrecklich leid", endete sie, „an Ihrer Stelle würde ich aber die Verwandten in New York doch mal gleich anrufen. Sie sind ja ein junges, bildhübsches Ding", setzte sie noch schnell hinzu, bevor Moidi etwas erwidern konnte, „Sie lieben sicher die Unabhängigkeit und haben noch das Leben vor sich und überall Möglichkeiten, aber wenn man die vierzig überschritten hat, wie Frieda und Walter, ja dann …“ Sie hob ihre Hand zu einer Geste des Bedauerns.

Der Kopf der Frau Holler schlingerte auf einer unsichtbaren Welle, und in Moidis Gesicht standen zwischen Sommersprossen nichts als Bestürzung und Angst. Dürfe sie von hier aus telefonieren? Oder besser gleich wieder zurückfahren nach New York. Ja, besser gleich wieder zurück. Und schon rannte Moidi zur finsteren Tür und wäre wie ein kopfloses Huhn über Straßen und Wälder und Flüsse geflogen, hätte sie Frau Holler nicht noch schnell abgefangen: „Aber nein doch, Honey, relax, everything will be fine. Wir werden Hellmanns schon finden.“

Die Holler konnte und wollte das gute Kind doch jetzt nicht in die Nacht hinaus lassen. Das wäre der reinste Leichtsinn gewesen. Da müsse Mary erst mal bei ihr daheim ein schönes Abendessen zu sich nehmen und sich ausschlafen in einem bequemen Bett. Morgen könne sie sie gleich in der Früh zum Bahnhof bringen: „Und alles wird fein, wie Apfelkuchen und Sahne.“

„Ja hoffentlich haben Sie recht, Mrs. Holler.“

Draußen stand ihr cremefarbener Buick mit der üppigen Polsterung in der gleichen Farbe und immer noch berstend voll mit dem Gekicher der ersten Sommer in diesem Land. Wie oft wurden sie in den Wagen gepfercht durch die Gegend chauffiert von der Mrs., von einer wilmingtonschen Attraktion zur anderen, Moidi, Hellmanns, Sam, Wolfi sich immer einen anderen Schoß aussuchend. Alle in dem heißen Wagen und Würstchen und Kuchen und Schweiß, bis dann die Benzinrationierung dem Spaß ein Ende machte und die tolle Kiste in der Garage auf bessere Zeiten warten musste.

Jetzt holten sie Moidis Gepäck von der North Rodney Street ab. Als sie die paar Stufen zur Veranda hinaufstieg, war Moidi speiübel, denn es war das letzte Mal. Die verschwiegene Düsternis der Fensterscheiben, die Schatten in den Winkeln. Die Zweige der Sykomore sangen einen hohen Ton, und sie konnte das rote Kübelchen nicht aus der Hand lassen, den ganzen Abend lang nicht, erst in der Nacht entglitt es ihr im Schlaf. Sie träumte von einer gewaltigen Explosion, die die Gebäude der Stadt zerriss und sie selbst zwischen die Trümmer schleuderte. Sie rang nach Luft und schaute hoch, kein Dach. Über ihr türmten sich weißliche Schwaden und schwammen und verdichteten sich zu Wänden ringsum, zu einem Überboden, und sahen aus wie weißes Email, und als sie sich endlich aufrappeln konnte, da sah sie, dass sie sehr klein unter einem umgestülpten Kübel kauerte, einem Emailkübel mit einigen abgestoßenen Stellen, unter denen das graue Metall hervorschaute, der Melkkübel von daheim.

Nachher konnte sie nicht mehr einschlafen, der Gedanke an den Melkkübel war wie ein böses Omen. Als im Viereck des Fensters die schwarze Luft der Nacht ausbleichte, stand sie auf und schrieb Mrs. Holler einige erklärende Zeilen auf ein Stück Papier. Sie ließ den Zettel auf dem Esstisch neben der chinesischen Schale mit den Seidenchrysanthemen, verließ leise das Haus und schleppte sich und ihr Gepäck zum Bahnhof.

*I have the blues before sunrise, tears standing in my eyes ..., It was a miserable feeling, now babe, a feeling I do despise ...*

So wund sie war, so aufgeschürft, diese Melodie hielt sie gerade, diese Melodie aus einer schönen Zeit …

Die Wartehalle war leer. Eine Bank. Ein Abfallbehälter, hoch aufgetürmt. Sie setzte sich hin. Eine Flasche ihr zu Füßen fiel mit einem hellen Klirren um. Erst jetzt gewahrte sie den Mann, der neben der Bank gegen die Wand lehnte in seiner schäbigen Kleidung, auf die Flasche schaute und auf Moidi und lautlos lachte. Er griff sich in seine Jackentasche, produzierte eine Schachtel Lucky Strike Regulars, bot sie Moidi an. Sie dankte, zog eine Zigarette heraus, nahm sein Feuer und sog sich Trost und Stärkung aus der Handreichung. Gleich musste sie husten, weil sie's nicht gewohnt war, weswegen der Mann wieder lachte, tonlos und ihr auch eine Flasche hinhielt. Zögernd nahm sie sie an und tat einen großen honigfarbenen Schluck gegen den Ekel, der zwischen den Rippenbögen festsaß, und prustete und würgte wie ein kleines Schulmädchen. Nachher lehnte sie sich zurück, schloss die Augen und spürte eine goldene Wärme durch ihren Leib rinnen wie ein kleiner Sommer und eine laue Brise am Fluss. Sie rauchte weiter und versuchte nachzudenken, aber das Kind drängte sich ihr auf, Wolfi, sein runder weißblonder Kopf, die Mäusezähnchen, seine kehlige Stimme, die einfachen Freuden. Nichts wollte sie, als seine Arme um ihren Hals, nichts anderes.

Als sie die Augen wieder öffnete, stand der Mann immer noch an der Wand, wartete mit seinem rasierten, aber zerknitterten Gesicht, das braun war wie Mutters Kaffee mit einem Schuss Sahne drin. Über fleckigen grauen Hosen trug er das verbeulte Jackett offen und hatte sich nicht die Mühe gemacht, sein Hemd in den Bund zu stecken. Er hatte nichts Weiteres bei sich, legte nur seinen bernsteinenen Blick auf Moidi wie eine Decke, sanft und aufmerksam. Sobald der Lautsprecher Moidis Zug ankündigte und sie ihr Gepäck, bestehend aus einem Koffer voller Ungereimtheiten, dem Kübelchen und der Handtasche, zusammenraffte, kam seine Hand in ihr Gesichtsfeld und hielt ihr die Packung Zigaretten hin. Ein kleiner, auffordernder Ruck bedeutete ihr, sie doch zu nehmen, und sie tat es und merkte, wie diese kleine Geste des Fremden an ihrer Selbstbeherrschung fraß.

# 17

In New York sahen die Wolken aus, als müssten sie gleich alle Fensterscheiben einwerfen. Moidi ließ sich mit einem Taxi prahlende Straßenzüge entlang in die Barrow Street zu Hoffers fahren. Es war vormittags um halb zehn, als sie an deren Tür läutete. Das weiß geschürzte Dienstmädchen machte auf und hob, nachdem es schnell den Türspalt verkleinert hatte, sofort bedauernd die Hände, nein, die Herrschaften seien verreist. Hätte die Miss doch anrufen sollen. Aber leider. Und wann sie wieder zurückkämen, beeilte sie sich hinzuzufügen, das sei ganz und gar ungewiss, also wie die Herrschaften so seien, launisch wie das Wetter, jedenfalls hätten sie sich einen schönen Herbsturlaub ja nun wirklich verdient. Hellmanns? Nein, Hellmanns seien auch nicht hier. Für die Miss Mary sei allerdings ein Brief hinterlegt worden, Herr und Frau Hoffer hätten wohl geahnt, dass sie vorbeikäme. Sie langte auf die Ablage neben dem Eingang, ohne die Tür freizugeben, während sich ihre Zunge verhedderte in kleinen Höflichkeiten und Entschuldigungen.

„Hier. Sicherlich gibt Ihnen der Brief Aufschluss über den Verbleib der Herrschaften. Leider kann ich sonst nichts für Sie tun. Good bye, Miss Mary, und viel Glück."

Damit stand Moidi vor der geschlossenen Tür. Erst jetzt wurde ihr der schwarze Anstrich bewusst. Es war ihr, als stünde sie vor einem Loch.

Der Brief lag leicht und unbedeutend in ihrer Hand. Fast wollte er davonfliegen mit dem trüben Windchen, das den nicht ganz definierbaren, abgestandenen Geruch in der Luft durcheinanderbrachte und ihn einmal mit einer Prise Teer und Petroleum würzte und dann wieder einen Anflug von Gummi, Kaffee oder Erbrochenem beisteuerte. Die Müllabfuhr rumpelte über das Pflaster und hielt mit großem Gekreische an. Ein Schwarzer im Arbeitsanzug sprang vom Trittbrett und fing an, die Inhalte der Abfalltonnen ins offene Maul des Lasters zu kippen. Eine Schiffshupe höhnte vom Hudson River her, und gleich kroch es Moidi an, fischig und klamm und salzig, wie die graue Verlassenheit des Meeres. Sie gab sich einen Ruck und riss den Brief auf.

*Wertes Fräulein Maria!*

*Seien Sie umgehendst davon in Kenntnis gesetzt, dass mein Vetter nebst Frau und Kind nach Australien ausgewandert ist. Ein diesbezügliches Telegramm konnte offenbar nicht an Ihre Heimatadresse durchgestellt werden.*

*Vor zwei Wochen brachte ich die Familie aufs Schiff.*

*Ihre Bankunterlagen und eventuelle Wertsachen hat mein Vetter bei Frau Holler in Wilmington, mit der Sie ja befreundet sind, deponiert. Sie sind nun frei, sich Ihr junges Leben zu gestalten, wie Ihnen beliebt.*

*Im Namen meiner Verwandten möchte ich mich für deren überstürzte Abreise entschuldigen, es hatte sich nämlich für Walter eine unerwartete Chance in einer australischen Firma ergeben, die er aus finanziellen Gründen nicht ablehnen konnte.*

*Mit den besten Wünschen für Ihre Zukunft,*

*Jack Hoffer.*

Keine Adresse von Hellmanns, kein Firmennamen, nicht einmal eine Stadt. Moidi saß ganz still auf der untersten der fünf Stufen, die zur Haustür führten. Als sie von den Zeilen aufschaute, brannten die Buchstaben immer noch Löcher in ihre Lider. Und plötzlich, wie ein Blitz, sah sie die nackten Moränensäulen der Erdpyramiden im heimatlichen Finsterbachtal vor sich aufleuchten, eine bizarre, leblose Mondlandschaft, und so jäh wie sie erschienen waren, vergingen sie auch wieder, ein Albtraum, den Bruchteil einer Sekunde lang. Und ihr schwante, dass sie zurückgeschmissen würde, wo sie hergekommen war, dorthin, wo sich nichts als Leere vor ihr ausbreitete. In die merkwürdige Erschöpfung, die sie in der Folge überfiel, drang kein Ton. Es war, als spielte sie in einem Stummfilm die Hauptrolle.

Die Kulisse der Häuserzeile aus staubigrotem Ziegel war in ihrem Rücken. In der Totenstille bewegte sich das Blatt Papier auf ihren Knien ein wenig. Ein kleines aggressives Lüftchen, es riss an ihrem Haar, und es spielte mit dem Brief, hob ihn ein wenig an, zerrte ihn plötzlich auf Kopfhöhe, und bevor sie ihn sich schnappen konnte, über den Gehsteig hinweg und segelte ihn um einen blassen Baumstamm herum in die Straße hinein, wo ihn der Fahrtwind von geräuschlosen Cadillacs, Chevys und Lastfahrzeugen zum Tanzen brachte, direkt lustig, und die Straße hinab in Richtung Fluss. Als sich Moidi umdrehte, schien ihr, als bewegte sich eine rosa Figur von der Gardine im ersten Stock weg. Dann starrte das Fenster wie alle anderen resigniert in die tranige New Yorker Luft und ließ sich nichts anmerken: ob einer gestorben war oder krank oder niemand da oder gleichgültig oder Löcher in den Socken oder eine Hochzeit oder Schreien.

Ja, da schrie tatsächlich jemand. Moidi mit dem Finger auf dem Klingelknopf und schrie: „Mrs. Hoffer, Mr. Hoffer.“ Es war wie in einem der Träume, in denen man schreit, aber kein Ton kommt heraus, und sie schrie, weil sie am lebendigen Leib seziert wurde, und hörte sich selber gar nicht, aber einzelne Passanten blieben stehen, was war denn das schon wieder, und nichts Weiteres sahen als eine verrückte Frau mit einem großen Koffer, einer Handtasche und einem roten Kübelchen, man wundert sich in New York nicht leicht. Und die junge Frau fing an, die Haustür mit den Schuhen zu bearbeiten und den Fäusten. Den Kranz über dem Briefschlitz, den dürren Kranz aus Lavendel und Rosen, riss sie herunter auf den Boden, zerstieß und zerstampfte ihn, da musste man nun doch die Polizei kommen lassen.

Auch vor den Ordnungshütern redete das junge Ding nur dummes Zeug. „Eine Geisteskranke mehr", sagte der eine Polizist zum anderen, zuckte mit den Achseln und hielt Moidi fest, weil sie dem Herrn Hoffer, der plötzlich aufgetaucht war, an den Kragen wollte. Ja, er sei der Besitzer des Hauses, nein, diese Frau kenne er nicht, es gebe ja so viele versprengte Menschen zurzeit, der Krieg und so, na ja, die Arme, wenn er etwas tun könne, gerne. Der Herr Hoffer und sein Hausmädchen schauten dann von der Treppe herab zu, wie die widerstrebende Moidi durch eine kleine Gasse von neugierigen Passanten hindurch in den Streifenwagen verfrachtet wurde. Und als Moidi im Wegfahren noch zurückschaute, glaubte sie eine Gestalt im Schlafzimmerfenster der Mrs. zu bemerken. Da fuhr sie aber auf wie eine wild gewordene Wespe und geiferte gegen das Haus mit ihren gebundenen Händen. Wollte zurück, jetzt gleich und durch das Fenster, aber ihr Schädel war nicht hart genug für die Scheibe und wurde zudem am Kragen zurückgerissen und festgezurrt im Fond des Wagens. Moidi röchelte schließlich nur mehr, denn die schreckliche Säure von Arglist und Betrug fraß sich ein in den Kehlkopf. Bald war von ihr nicht viel mehr übrig als ein kleines schmales Tier, das in einer fremden Sprache jaulte und knurrte, etwas, das der Polizist nicht verstand. „Das geht ja auf keine Kuhhaut", so keuchte sie, „das geht ja auf keine Kuhhaut."

Aber da war sie schon weggeflogen, die Barrow Street.

Inzwischen legte der Regen Kettfäden aus Nylon über Geschäftsfronten und Eingangsportale und verschnürte alles und wob ein desinteressiertes Gewebe ohne Bindung. Er zeichnete Linien und Serpentinen auf das Seitenfenster, gegen das sich Moidi gedrückt hielt, und verwischte überholende oder entgegenkommende Fahrzeuge zu dunklen Schatten. Als Moidi die Nase im Glas des Wagens platt drückte, um einem plötzlichen Impuls folgend nach oben zu schauen, sah sie Reihen über Reihen von leuchtenden Fenstern im Nebel schaukeln, immer kleinere, immer schwächer glimmende Fensterhöhlen, hinter denen Tausende und Tausende von Menschen ihre Intrigen schmiedeten, und von dort, von ganz weit dort oben aus den Wolken sang dann in die atemlose Stille ihres Gehirns mit einer dünnen hohen Stimme das Kind.

In der Anstalt kriegte sie von weißen Kitteln eine Spritze und verdämmerte weiß Gott wie viele Tage, bis die Psychose kuriert war. Irgendwann verlangte sie Papier und Schreibzeug und schrieb: „Lieber Wolfi.“ Oder sie schrieb: „Mein geliebtes Kind.“ Einmal schrieb sie: „Mein Leben.“ Und sie endete die Briefe mit: „Ich denke Tag und Nacht an dich.“ Oder: „Ich lieb dich mehr als den Mond und die Sterne.“ Und zwischendrin schrieb sie ihm von Kühen und jungen Schafen und einer kleinen

Tante, die gleich alt war wie er, auch von sprechenden Sykomoren und dass das Essen in der Klinik nach Seife schmeckte, und von den gestörten Leuten auf der Station. Und dass sie ihn finden werde, ihren Wolfi. Ganz sicher. In der Nacht, als sie zum vergitterten Fenster des Schlafsaales tapste, lag das großgezogene W am nördlichen Firmament. Ja, sogar im bleichen Nachthimmel von New York konnte man Kassiopeia sehen.

„Überall bist du", sagte Moidi und streckte die Arme nach oben aus und drehte sich unter dem Himmels-W, „und ich bin bei dir, wenn du schläfst, und wenn dich ein böser Traum quält, wiege ich dich in meinen heiteren Zweigen, den scheckigen, denn grau und hellgelb und ein ganz kleines bisschen orangegelb ist meine Haut und geduldig, so geduldig, ob es regnet oder schneit oder brennt, ich bin da, immer bei dir."

Da kam die Krankenschwester mit dem falsch zugeknöpften Kittel angerannt und schimpfte, weil Moidi störte, jetzt mitten in der Nacht.

Eine Dame von der Behörde wurde mit ihrer Angelegenheit betraut, Einwanderungsbeamtin oder Sozialarbeiterin oder etwas Ähnliches, ihre Mutter sei Polin, erklärte sie und fühlte sich Moidi gleich nahe wegen der europäischen Wurzeln, ja sie redeten tatsächlich immer noch polnisch zu Hause. Also diese Frau hörte sich geduldig an, was Moidi ihr zu sagen hatte, machte sich Notizen, stellte noch ein paar Fragen und versprach, Moidis Lage zu sondieren, und insbesondere zu ergründen, was es mit diesem Kind auf sich habe, weswegen sie, Mary, hier die ganze Klinik auf den Kopf stelle.

Als sie nach einer Woche wieder zurückkam, teilte sie Moidi mit, ihre Ermittlungen hätten ergeben, dass Walter Hellmann am 20. September die Firma in Wilmington verlassen hatte, um am Aufbau einer Fabrik in Sydney, Australien, mitzuarbeiten. Und tatsächlich hätten Herr und Frau Hellmann dann mit ihrem fünfjährigen Sohn am 1. Oktober die Schiffsreise angetreten. Das Kind scheine beim State Department of Health als Zev Wolfgang Hellmann auf, zur Welt gekommen am 10. Februar 1940 in Manhatten, New York, Mutter sei Frieda Hellmann, geborene Vogel, und der Vater Walter Hellmann.

„Es ist mein Kind. Es ist in mir gewachsen, und ich habe es geboren“, sagte Moidi monoton. „Ich habe es weggegeben wegen der Schande. Aber jetzt möchte ich es wiederhaben.“

Die Amtsperson seufzte und schüttelte den Kopf: „Ja und übrigens, die Dravo in Wilmington wird Sie leider nicht weiter anstellen können, denn die Arbeitsplätze sind jetzt nach dem Krieg knapp … So ist es. Tja, da kann man leider nichts machen.“

Verdrossen wühlte die amerikanische Polin in ihrem Akt und kritzelte etwas hierhin und dorthin, um der jungen Frau mit dem roten Kübelchen Zeit zu geben für eine Reaktion, denn Moidi saß bewegungslos da wie eine dicke Stubenfliege, die in sich selbst gefangen und ihrer selbst nicht bewusst, bloß glotzt und ein paar Mal mit den Augen blinkt und weiter nichts.

„Ich nehme an, das entspricht nicht Ihren Erwartungen“, sagte die vom Amt schließlich zu Moidis erloschenen Augen. Es tue ihr leid, dass sie keine bessere Nachricht habe. Wahrscheinlich wäre es nun angebracht, wenn sie, Mary, in ihrer Situation einfach nach Italien zurückginge, oder? Von den Behörden könne sie sich nämlich in der Sache nicht mehr viel erwarten, da seien doch zu viele Ungereimtheiten: angebliche Heimgeburt einer Minderjährigen und dazu noch Ausländerin, undokumentierte Adoption, Auswanderung in einen dritten Kontinent und so weiter … Die Frau schraubte die Hand durch die Luft, um zu zeigen, wie sich das alles in blauen Rauch auflöste, und atmete hörbar aus. Dann packte sie die Papiere in ihre Tasche und stand auf. Bevor sie zum nächsten Fall weitereilte, berührte sie sachte Moidis Arm und sagte freundlich: „Bedenken Sie, Mary, wenn der Herr eine Tür schließt, öffnet er eine andere.“

Ein paar Tage später war wieder die Polizei da und nahm Moidi mit und setzte sie samt Gepäck und Bordkarte auf ein Schiff nach Genua, „danken Sie dem freundlichen Herrn, dessen Tür Sie vor einigen Wochen eintreten wollten. Auf den haben Sie Eindruck gemacht. Ja, und der Schiffsdoktor wird sich die nächsten Tage schon um Sie kümmern“.

So stolperte Moidi schon zum dritten Mal in diesem Herbst über Seesäcke und Bündel, kletterte über Koffer und Taschen und wunderte sich über die vielen jungen Soldaten, die immer noch lachten und sich gebärdeten, als hätte ihre heitere Welt nie ein dunkles Wölkchen durchkreuzt.

Beim Ablegen stand Moidi am oberen Deck mit ihrem roten Kübelchen und konnte den Blick nicht lösen von dem Schmerz, der am Horizont mitfuhr und der die Vergangenheit war.

So mit Blick nach hinten fuhr sie dahin, würde sie sich jemals wieder an den Bug stellen können und nach vorne schauen? Unter ihr wölbte sich und erbrach sich das große Wasser. Da waren die Umrisse von Gliedmaßen und Leibern, verwickelt und verschnürt im eigenen Haar, und ölige Gerinnsel schwappten über die versinkenden Formen: der zerbrochene Sam, der zerbrochene Florian, die zerbrochenen Juden, so viele Zerbrochene. Und gerade als die sich in Auflösung befindende Moidi drängte und verlangte nach diesem Wasser, da wurde sie von einer Frau mit Scheitelfrisur in gebrochenem Englisch angeredet und eingeladen, sich doch zu ihnen zu setzen. Die Dame fragte und redete, und hatte ihre Freude daran, dass dieses blonde, etwas verwehte Fräulein nicht Amerikanerin, sondern eine Person mit Schicksal war, das sehe man ja gleich, so wie sie selber auch, „sehen Sie nur, wir alle hier haben unseren Packen zu tragen", und sie zeigte auf ein Grüppchen von sieben oder acht Zivilisten, die ein paar Meter weiter auf Stühlen und Bänken zusammen saßen: „Wir sind eine Familie, nicht dem Blut nach, sondern aus Notwendigkeit. Setzen Sie sich doch zu uns."

Da musste Moidi doch aufwachen und ihr Umfeld betrachten. Sie war unschlüssig. Sie wollte mit niemandem reden müssen. Reden würde sie auseinandernehmen, ihr Innerstes freilegen und es der Welt aussetzen, wie das aufgebrochene Fleisch einer Feige dem Ungeziefer, aber nun war sie daran erinnert worden, dass sie das Leid nicht für sich allein gepachtet hatte und es anderen Leuten auch schlecht ging. Der Gedanke war ihr fast ein kleiner Trost, sodass zum ersten Mal seit Wochen etwas wie Interesse in ihr aufwachte, und sie bemerkte, dass das Licht jedem Ding seine klar umzeichnete Form gab. Ja und da waren eigentlich mehr Farben, als die des Nebels und des Kübelchens in ihrer Hand, etwas Grünes zum Beispiel, das übers Deck galoppierte und die Leute zum Lachen brachte, ein kleiner Junge, den die Frau Ernesto rief. Und schon interessierte der sich für Moidi und fragte sie, warum sie ein Spielzeug halte, wo denn ihr Kind sei. Aber Moidi antwortete, nein, nein, da sei niemand. Und der Junge nahm ihr das Eimerchen weg, so selbstverständlich wie man atmet, und lief damit zu einem der Stühle.

„Das Brot hab ich für die Möwen gesammelt“, sagte er und zeigte begeistert auf ein Häufchen von Brotwürfeln auf der Sitzfläche und schaufelte sie mit seinen kleinen Händen in Wolfis Ostergeschenk.

„Schau!“, sagte er, als er sich neben Moidi an die Reling stellte und ein Stück Brot hochhielt, hoch, von den Zehenspitzen bis zu den Fingerkuppen durchgestreckt und zitternd vor Anstrengung. Als aber plötzlich die Luft schwirrte vor lauter gelben Schnäbeln, winkelte er den Arm schützend vors Gesicht. Seine Mutter rief gleich besorgt: „Ernesto, Ernestino, wirf das Brot hinaus übers Wasser! Die Vögel fangen's dann schon!“

Und Ernesto warf die Happen, einen nach dem anderen, und die Möwen stürzten ihnen nach.

„Fangt, fangt sie doch“, schrie er mit seiner kleinen schrillen Stimme, „zeigt mir, was ihr könnt“, und hatte heiße Wangen und schnaufte vor Anstrengung und warf zum Schluss das rote Kübelchen nach. Und schaute, bis er es nicht mehr sah. Dann drehte er sich zu Moidi, schaute sie groß an, hob die Achseln und die Handflächen hoch, um ihr bedauernd zu zeigen, dass alles weg war.

„Du weinst. Warum weinst du? Sei nicht traurig, ich kauf dir ein neues“, sagte er und nahm Moidi an der Hand.

„Nein, nein“, sagte die.

Ihre Tränen hinterließen dunkle Flecken auf ihrem Staubmantel.

Das Haar des Kindes war schwarz und ringelte sich an den Schläfen und im Nacken und glänzte am Scheitel wie die Federn eines Raben. Mit seiner kleinen trockenen Hand zog es Moidi zu den Zivilisten hin, die empfingen die Weinende mit Girren und Gurren und hingen über ihr mit bedauernden und besorgten Lauten und Taschentüchern und Händen. Nach einer Weile sagte Moidi leise und in der Sprache der Leute: „Ich hatte auch einmal einen Sohn.“

Einem plötzlichen Impuls folgend stieß sie dann unter Schluchzen hervor: „Aber ich habe mein Glück vertan."

Dieses Eingeständnis löste so viel Weh in ihr aus, wie niemand sollte tragen müssen. Es beutelte sie durch, dieses Weh. Sie war eine Nussschale in einem Gebirgsbach und wurde gegen Steine und Felsen geschleudert und niedergemacht von der Wirbelströmung und eingequetscht in Felsenspalten und ohne Luft, aber dann kam sie los und konnte an die Oberfläche schießen; blieb an Totholz hängen; wurde schließlich in eine kleine Ausbuchtung geschoben, wo das Wasser durchsichtig und still lag und an das Moos leckte und die sternförmig beblätterten Stielchen zu einem hellgrünen Leuchten brachte. Dort trieb sie und wunderte sich, dass sie noch lebte, und rang mit wildem Herzen um Atem. Das, das man nie gekannt hat, zu verlieren, tut nicht weh. Schrecklich ist es aber, ein Glück zu verlieren, an das man sich gewöhnt hat.

Sie selber war auch jemand mit Schicksal, da hatte die freundliche Mitreisende recht. Eine Einöde trug sie in sich mit Steinen drin verstreut ohne Schatten. Und außen Nylonstrümpfe mit Naht auf ihren Beinen und niedrige Pumps an und einen hellen Mantel und aß Fleisch am Freitag und hielt von der Kirche nicht mehr viel. Ihr lockiges Haar blies ihr ein böiger Wind ungezähmt um den Kopf. Eine Fremde unter Fremden war sie. Auf sich selbst zurückgeworfen.

Irgendwo auf dieser Welt, weit weg, ein Stern im Nebel der Milchstraße, war das Kind. Es gab doch immerhin eine Chance, dass es irgendwann mithilfe eines energischen Engels namens Sam auffindbar war. Und so weinte Moidi noch ein paar Tränen. Sie würde in irgendeiner Stadt wohnen, ihre Englischkenntnisse anzubringen versuchen und anfangen, Briefe nach Australien zu schicken. Die Einwanderungsbehörde dort müsste in ihren Listen eine Familie Hellmann aufzutreiben wissen. Und irgendwann einmal würde sie genug gespart haben, um sich auf den Weg zu machen …

Sie holte sich eine Zigarette aus der Manteltasche und steckte sie sich zwischen ihre zerkauten Lippen.

„Bist du mir böse“, hörte sie plötzlich das Kind, Ernesto, fragen.

Und Moidi schüttelte heftig den Kopf und die letzten Tränen aus den Augenwinkeln.

„Alles wird wieder gut“, sagte das Kind mit jenem leiernd mitleidigen Ton, den Erwachsene oft verwenden, wenn sie sich über ein aufgeschlagenes Knie beugen.

„Das Leben geht weiter“, sagte Moidi leise und nahm dankend vom Feuer, das ihr ein Herr mit Siegelring anbot.

Rauchend stellte sie sich an die Reling und schaute zu, wie die Gegenwart von der Vergangenheit davonschwamm.

Die Drucklegung erfolgte mit freundlicher Unterstützung
durch die Abteilung deutsche Kultur und Familie
der Südtiroler Landesregierung
über den Südtiroler Künstlerbund

AUTONOME PROVINZ BOZEN SÜDTIROL — PROVINCIA AUTONOMA DI BOLZANO ALTO ADIGE

Deutsche Kultur und Familie — Cultura tedesca e Famiglia

~kb

südtiroler künstlerbund



Titelbild: Martin Pardatscher unter Verwendung eines Ausstellungsstücks

des Frauenmuseums „Evelyn Ortner“, Meran

Layout und Umschlag: Dall’O & Freunde

Satz: A&D

Druck: Global Print, Gorgonzola (MI)

ISBN: 978-88-7283-323-0

www.raetia.com